大眠

THE BIG SLEEP

Raymond Chandler

雷蒙·錢德勒

卞莉——譯

經典推理小說家雷蒙·錢德勒①

CONTENTS

目錄

關於作者

雷蒙・索恩頓・錢德勒（Raymond Thornton Chandler 1888 – 1959）

雷蒙・錢德勒，素有「洛杉磯桂冠詩人」的美譽，一八八八年七月二十三日出生於美國芝加哥，父母都是貴格會教徒。七歲時父母離異，錢德勒隨盎格魯——愛爾蘭籍的母親遷居英國，童年在倫敦郊區外祖母嚴格的維多利亞式家庭中度過。中學就讀於英國傳統頂尖私立預備學校德威學院（Dulwich College），他在那裡接受了古典教育並表現出對語言的特殊天賦，這種天賦後來派上了用場。錢德勒曾說：「我必須像學習一門外語那樣學習美式英語。」之後，他在法國和德國留學兩年。返回英國後，他通過了嚴苛的公務員考試，在海軍部擔任文職，但不久便辭去工作。一九〇八年至一九一二年期間，他以自由記者的身分，間或為《西敏公報》（*Westminster Gazette*）和《學院報》（*Academy*）撰寫詩歌、文章及評介，也試過在《每日快報》（*Daily Express*）擔任記者，但並不成功。

自感無望成為一名成功記者，錢德勒於一九一二年離開英國，他向舅舅借了五百英鎊（錢德勒一絲不苟地記錄下來：「每一分錢都已償還，包括百分之六的利息。」）啟程來到美國尋求發展，最後在洛杉磯落腳。接下來的幾年間，他做過各種奇怪的工作，譬如採摘杏子、替網球拍穿線等等，還自學了簿記課程。「從那時起，我的發展就像紅杉樹生長那般迅速。」錢德勒回憶道。第一次世界大戰期間，他曾跟隨加拿大，之後在法國加入了英國皇家飛行隊（R.A.F.）。戰後，錢德勒重返南加州居住。一九二二年，他被達布尼石油聯合公司（Dabney Oil Syndicate）聘為簿記員，最後成為多家獨立石油公司的董事。一九二四年二月六日，他與西西・帕斯卡（原名為珀爾・優吉尼婭・赫爾波特）結婚。

大蕭條結束了錢德勒發達的商業生涯，一九三三年，年屆四十五歲的他再次提筆寫作。「汽車在太平洋沿岸徘徊，我開始閱讀廉價雜誌，」他回憶道，「那是《黑面具》（*Black Mask*）的全盛時期……我發現其中一些作品相當有說服力，也很誠實，儘管有些內容未免粗製濫造；我認為這可能是嘗試小說創作並同時從中賺取收入的好方法。我用了五個月的時間寫了一部一萬八千字的小說，賣了一百八十元。此後我再也不回頭看，儘管前方還有許多不安定的時期等著我。」一九三三年至一九四一年期間，他在《黑面具》、《一角偵探》（*Dime Detective*）和其他廉價小報總共發表了二十一篇作品。

一九三九年，錢德勒僅用三個月的時間就寫出第一部推理小說《大眠》（*The Big Sleep*），為讀者引介了菲力普・馬羅這個角色。接著，又相繼出版了三部以這位多情的硬漢私家偵探為主角的小說——《再見，吾愛》（*Farewell, My Lovely*, 1940）、《高窗》（*The High Window*, 1942）、《湖中女子》（*The Lady in the Lake*, 1943）。此時，錢德勒已經有足夠資本去嘲弄那些把這個備受歡迎的偵探視為他化身的人，「是的，我和書中角色極其相似。我進行了大量研究，特別是在高䠷金髮女子的公寓裡。」同一時期，他還撰寫了多部劇本，著名的有《雙重賠償》（*Double Indemntiy*, 1944）、《藍色大麗花》（*Blue Dahlia*, 1946）和《火車怪客》（*Strangers on a Train*, 1951）。錢德勒早期廉價短篇小說集《謀殺巧藝》（*The Simple Art of Murder*）出版於一九五〇年，這本書收錄了著名文章〈謀殺巧藝〉，其中作者表達了對古典推理小說和偵探故事的不屑一顧。隨後幾年裡，他創作了三部最終的馬羅小說——《小妹》（*The Little Sister*, 1949）、《漫長的告別》（*The Long Goodbye*, 1954）和《重播》

（*Playback*, 1958）。「錢德勒不寫犯罪或偵探，正如他堅稱的那樣，」查爾斯・威・希金斯指出，「他寫的是人性的腐敗，他以菲力普・馬羅為他的否決天使，並且洞悉其中，深入骨髓。」

一九五四年，妻子離世，錢德勒深受打擊，頻繁返回英國，依然享有盛譽。雷蒙・錢德勒於一九五九年三月二十六日在加利福尼亞的拉霍亞去世，死因是支氣管性肺炎，死後被安葬在聖地牙哥的希望山公墓。一些未發表的論文和筆記作品在他去世後陸續被出版，其中以《雷蒙・錢德勒談話》（*Raymond Chandler Speaking*, 1962）、《雨中殺手》（*Killer in the Rain*, 1964）、《馬羅之前的錢德勒》（*Chandler Before Marlowe*, 1973）和《雷蒙・錢德勒信件選集》（*Selected Letters of Raymond Chandler*, 1981）最為著名。

大眠

The Big Sleep

1

十月中旬的一個上午，大約十一點鐘，沒有陽光，山麓地帶明朗中滲著一股暴雨將至的潮濕氣味。我身著一襲粉藍色西裝，深藍色襯衫，打著領帶，胸前口袋露出一角手帕，腳上是帶有深藍色鐘型繡紋的黑色羊毛襪和黑色布洛克鞋。我乾淨俐落、刮過鬍子、頭腦清醒，而我絲毫不在乎有誰知道。總之，一個著裝得體的私家偵探該具備的樣子，我全都有。我正要去拜訪四百萬美元。

史坦梧家宅邸大廳有兩層樓高，正門高闊到足以趕進一大群印度象。門上方鑲了一大塊彩色玻璃畫，畫中身披黑色甲冑的騎士正在搭救一位被捆在樹上的女士。這位女士全身赤裸，幸好頭髮夠長，幫了她大忙。騎士為了表現得彬彬有禮，早就掀起了頭盔面罩。他忙著擺弄樹上的繩結，可惜沒什麼進展。我站在那裡想，如果我住在這棟大宅裡，遲早得爬上去幫他一把。他做這事可不怎麼認真。

大廳盡頭是幾扇法式落地玻璃門，外面有片開闊的碧綠草坪，通向一座白色車庫。車庫前，一名膚色黝黑、身材瘦削的年輕司機穿著閃亮的黑色綁腿，正在擦拭一輛紅褐色帕卡德敞篷車。車庫後種著幾棵觀賞樹，全像貴賓狗般被精心修剪過。樹木背後是一座拱圓形屋頂的大暖房。然後是更多的樹，最後面便是那些綿延起伏、賞心悅目的丘陵。

大廳東側，一條磁磚樓梯旋向樓上圍有鍛鐵扶欄的長廊，那裡另有一塊浪漫的彩色玻璃鑲嵌畫。沿著大廳牆壁，擺著幾張鋪著圓形紅絨坐墊的硬木大椅，似乎從未有人坐過。西側牆壁正中央有一座空蕩蕩的大壁爐，圍著由四片黃銅鉸接而成的擋風板。大理石的壁爐架，四角雕刻著愛神丘比特。壁爐架上方有一幅巨大的人物油畫，油畫上方的玻璃框裡交叉掛著兩面騎兵三角旗，破破爛爛，不知是子彈打過，還是蟲子蛀過。人物油畫是一位軍官，身著墨西哥戰爭時期的軍服，站姿很僵硬。他蓄著齊整烏黑的拿破崙三世小鬍子，一對灼熱嚴厲的炭黑色眼珠，一副值得與之融洽相處的模樣。我想這位大概是史坦梧將軍的祖父。不太可能是將軍本人，儘管我聽說將軍已是一把年紀，而兩位千金卻還處在二十來歲的危險年華。

我正盯著那雙熾熱的黑眼睛，樓梯下方最裡面的一扇門突然打開。不是管家來回報，進來的是個女孩。

她二十歲左右，嬌小纖細，但看起來頗有韌性。她穿著淺藍色長褲，極為合身，走起路來像是飄著，茶褐色頭髮燙成精緻小波浪，比時下流行、髮梢內彎的娃娃頭髮型還要短，一雙石板灰的眼睛，看我時幾乎全無表情。她走到我身邊，咧嘴一笑，露出兩排肉食野獸般的尖銳小牙，像剛剝開的橙皮芯那般白，像瓷片兒那般亮，在她有些過於緊繃的薄唇間閃閃發光。她臉色蒼白，看起來不怎麼健康。

「個子可真高呢，你？」她說。

「我可不是故意的。」

她翻了個白眼，顯然感到困惑，為此傷起了腦筋。儘管才見面，我也看得出來，動腦筋對她而言是件麻煩事。

「也英俊得很，」她說，「我敢打賭你自己知道。」

我哼了一聲。

「你叫什麼？」

「瑞利，」我說，「狗舍[1]・瑞利。」

「這名字真滑稽。」她咬住嘴唇，偏了偏頭，斜睨著我。然後垂下眼睫，直到幾乎貼上臉頰時，才緩緩抬起，活像是戲院的布幕。我看清楚這個把戲了，她是要我立刻四腳朝天，躺在地上打滾的。

「你是拳擊手嗎？」見我沒反應，她又問道。

---

1 原文為Doghouse。

「不完全是。我是個偵探。」

「是個……是個……」她悻悻的一甩頭，明麗的頭髮在頗為昏暗的大廳裡泛著光。「你在拿我尋開心。」

「嗯哼。」

「什麼？」

「別鬧了，」我說，「你聽到我說的了。」

「你什麼也沒說，你只是在戲弄我。」她豎起大拇指，把它塞進嘴裡咬了起來。那根拇指有點兒畸形，像是多出來的第六指，又細又扁，指節僵直。她一邊咬一邊慢慢吸吮，在嘴裡轉來轉去，像是嬰兒在吸奶嘴。

「你可真是高啊。」她不知為何暗自歡喜起來，咯咯笑出聲。然後腳也不抬，輕曼地轉過身，兩手軟綿綿地垂在兩側，踮起腳尖向我斜倚過來，直挺挺地跌進我的臂彎。我不得不接住她，不然她準會一頭撞上鑲花地板。我從她腋下將她攬住，她立刻雙腿一軟癱倒在我身上，我只好貼緊她，免得她滑下去。她把頭靠在我胸口來回磨蹭，對著我咯咯笑。

「你很可愛，」她咯咯笑道，「我也很可愛。」

我一言不發。管家偏偏選了這個恰到好處的時間穿過法式落地玻璃門回來，撞見我抱著她。

他對此似乎毫不以為意。他是個高大瘦削，滿頭銀髮的老人，年紀六十，或者將近，或者稍過。一雙藍色眼睛冷漠深邃，皮膚光潔，走起來路來堅實有力。他穩步穿過大廳向我們走來，那女孩瞬時從我身上彈起，飛奔到樓梯腳，小鹿般躍了上去。未等我將深吸的一口長氣吐出，她就不見了。

管家語調平板的說，「將軍現在可以見您了，馬羅先生。」

我收起我的瞠目結舌，朝他點點頭：「剛才那位是誰？」

「卡門．史坦梧小姐，先生。」

「你該教她戒掉那壞習慣，她看上去不小了。」

他神情嚴肅地看著我，謙謙有禮地重複了一遍剛才說的話。

2

我們跨出落地玻璃門，踏上一條光滑的紅石小徑。這條小徑沿著草坪一直延伸到最遠端的車庫前。那個有些稚氣的司機身邊已換了輛鍍鉻黑色大轎車，他正擦拭著。

我們順著紅石小徑走到暖房側面，管家為我拉開門，側身立在一旁。我走進去，像是間前廳，暖得像一具文火烤爐。他跟在我身後，關上外門，打開內門。這下子可真是熱。空氣沉悶、潮濕，霧氣瀰漫，混雜著一股熱帶蘭花盛開的甜膩香氣。玻璃牆面和穹頂蒙著厚厚的一層蒸氣，大滴大滴的水珠劈啪潑濺在植物上。屋裡的光線帶著一種不真實的綠，像是由水族箱透射出來一般。暖房裡到處都是植物，簡直像一座叢林，盡是些醜陋、肥厚的葉莖，豎立著像極了剛被清洗過的死人手指，瀰漫著令人窒息的氣味，比捂在毛毯下悶燒的酒精還要強烈刺鼻。

管家帶我穿行其間，竭盡所能幫我擋開那些張牙舞爪又濕淋淋的葉子。過了一會兒，我們來到一塊林中空地，就在圓形屋頂的正下方。六角形的空地上鋪著一方紅色土耳其舊地毯，地毯上停放著一張輪椅，上面坐著一位顯然行將就木的老人，正注視著我們走來。他那對黑眼睛，鋒芒早已消失殆盡，但仍有著大廳壁爐架上方那幅畫中人的炭黑眼眸和率直。他臉部其餘部分宛若一副毫無生氣的鉛灰色面具，失去血色的嘴唇、尖銳的鼻子、凹陷的太陽穴、向外翻的耳朵，無一不在糟朽腐爛中。儘管屋裡如此悶熱，他瘦削的身體緊緊裹在褪色的紅浴袍裡，腿上還蓋著一條旅行毛毯。他的指甲發紫，雙手瘦削如鳥爪，鬆鬆地在毯子上交握著。幾綹乾枯的白髮緊貼頭皮，就像光禿禿的岩石上奮力求生的野花。

管家在老人面前站定，說：「這位就是馬羅先生，將軍。」

老人沒動也沒講話，甚至連頭也沒點一下，他只是毫無生氣地看向我。管家抵著我的腿放了把濕漉漉的藤椅。我坐了下去，他同時嫻熟一抄，接過我的帽子。

老人這才勉強把聲音從深井裡拽上來：「白蘭地，諾里斯。白蘭地你喜歡怎麼喝，先生？」

「怎樣都行。」我說。

管家轉身消失在那堆可憎的植物中。將軍再次開口，他說得很慢，極為當心地用著力氣，就像失業舞女穿上最後一雙完好絲襪一樣。

「過去我喜歡兌香檳喝。像福吉谷[2]一樣冰的香檳，加在大約三分之一杯的白蘭地裡。你不妨脫掉外套，先生。對於一個血管裡還流動著鮮血的人來說，這裡太熱了。」

我起身扒掉外套，抽出手帕，擦了擦臉、頸子和手腕背面。比起這個地方，八月天的聖路易市也算不了什麼。我重新坐好，下意識伸向口袋掏菸，不過一轉念手又縮

2 Valley Forge，福吉谷。美國獨立戰爭期間大陸軍的宿營根據地，現為美國國家歷史公園。

回。老人逮到我的小動作，微微一笑。

「請便，先生。我喜歡菸草的味道。」

我點燃一根香菸，朝他噴了一大口。他就像探老鼠洞的獵犬一樣，用力皺著鼻子嗅起來，嘴角抽搐出一絲笑容。

「事到如今，必須要找別人代勞來放縱自己的惡習，這狀況倒是不壞。」他乾巴巴地說，「你眼前是享盡人世奢華殘存下來的倖存者，如今只剩沉悶餘生，是個雙腿癱瘓，半邊下腹部麻痺的殘廢。我只能嚥下很少量的東西，睡眠淺到和醒著沒兩樣。我似乎是靠著熱氣活命，像隻剛出生的蜘蛛，養蘭花只是維持暖氣的藉口。你喜歡蘭花嗎？」

「不特別喜歡。」我說。

將軍眼睛半闔。「蘭花是噁心的東西，肥肥嫩嫩太像人肉，還帶著甜膩膩的腐爛味，活像妓女。」

我瞪著他，張口結舌。熱氣像塊裹屍布，軟軟濕濕的包覆著我們。老人點點頭，彷彿脖子支撐不住頭部的重量。管家推著一輛茶車穿過叢林回來。他調了一杯白蘭地蘇打給我，用濕餐巾裹住銅冰桶，隨後悄無聲息地再次鑽進蘭花叢。叢林後傳來開關門聲。

我啜了一口酒。老人注視著我，不斷舔著嘴唇，舌尖從一片嘴唇滑到另外一片，緩慢得有種葬禮般的莊嚴，像是禮儀師在搓洗雙手。

「談談你自己吧，馬羅先生。想來我有權知道？」

「當然，不過沒什麼好說的。敝人今年三十三，讀過大學，必要時能講幾句得體地道的英文。幹我這行實在乏善可陳。我曾在地方檢察官韋德手下做過一陣子調查員。他的調查組長，一個叫勃尼．歐斯的，打電話給我說您想見我。我未婚，因為我不喜歡警察的老婆。」

「你還有點憤世嫉俗，」老人笑了，「你不喜歡在韋德手下幹？」

「我被炒了魷魚。因為不服從長官。這門功課我得了高分，將軍。」

「我自己也曾經如此，先生。很高興聽到這點。關於我的家族你了解多少？」

「聽說您鰥居，膝下有兩位妙齡千金，都很漂亮，個性也很狂野。其中一個結過三次婚，最後一次嫁給了一個賣過私酒的，他幹那一行的名字是拉斯帝．雷根。我知道的就這麼多了，將軍。」

「有什麼讓你覺得蹊蹺嗎？」

「拉斯帝．雷根那部分，也許。不過我一向和私酒販們很合得來。」

他嘴角勾起一絲微笑，是那種吝嗇力氣的笑。「我好像也如此。我非常喜歡拉斯帝。他是個來自克隆梅的愛爾蘭人，大塊頭、小鬈髮，有雙憂鬱的眼睛，笑起來嘴巴咧得跟夏爾大道一樣寬。第一次看到他時，給我的印象大概同你此刻想像得差不多，一個偶然機會下裹起天鵝絨的冒險家。」

「你一定很賞識他，」我說，「連他們的行話都學起來了。」

他將蒼白枯瘦的手縮進毯子。我掐滅菸蒂，把酒飲盡。

「他是我生命的氣息……他還在的時候。一連幾個小時陪著我，像豬一樣冒汗，一夸脫一夸脫的喝白蘭地，跟我講愛爾蘭革命的故事。他曾是愛爾蘭共和軍的軍官，待在美國甚至是不合法的。當然，這樁婚姻也實在荒謬，夫妻關係維持了還不到一個月。我把家族的祕密告訴你了，馬羅先生。」

「到我這兒仍是祕密，」我說，「他後來怎麼了？」

老人木然地看著我。「一個月前不告而別。毫無預兆，沒給任何人留話，沒和我道別。這有點傷人，不過他就是從那種艱苦粗暴的環境中走出來的孩子。或許有天我會接到他的來信。說起信，眼前倒是又接到一封勒索信。」

我說，「又接到？」

他把手從毯子下面抽出來，手裡捏著一只棕色信封。「如果拉斯帝還在身邊，任何人想勒索我，都是自討苦吃。他來之前的幾個月……也就是距今九或十個月之前……我曾經付了五千元給一個叫裘．波第的人，要他別再糾纏我的小女兒卡門。」

「噢。」我說。

他動了動稀疏的白眉毛，「什麼意思？」

「沒什麼。」我說。

他緊盯著我，眉頭微蹙。過了一會兒才開口說：「把這封信拿去仔細看看。要喝白蘭地還請自便。」

我起身從他膝頭取過信封，再坐下，把手掌擦乾，翻轉信封。收信人是蓋．史坦梧將軍，住址為加利佛尼亞州西好萊塢市阿爾塔布雷亞彎道三七六五號，全用墨水寫的，是工程師常用的斜形印刷體。信封已被拆開。我從裡面抽出一張棕色名片和三張硬紙片。棕色薄亞麻名片上用燙金字體印著「亞瑟．關．蓋格先生」，沒有地址。左下角有行極小的字「珍本與精裝版書籍」。我翻過名片，看到背面另外寫著幾行斜形印刷體字，與信封字跡一致：「親愛的閣下：隨信附上借據數張，均為賭債，儘管不具法定追討力，但我假定閣下或許仍願償還。A．G．蓋格 敬上」。

我看了看那幾張白色的硬紙片，全是填了墨水字的本票，每張日期不同，但都是上個月，即九月裡的幾天。「見票即付，本人承諾支付給亞瑟．關．蓋格總額壹仟元整，無息。支用款項已收。卡門．史坦梧」

本票上的筆跡歪七扭八、凌亂笨拙，盡是些多餘的彎勾，該寫點的地方全畫著圓圈。我給自己又調了杯酒，抿了一口，把這件證物擺在一旁。

「你的結論？」將軍問。

「尚無。這位亞瑟・關・蓋格是何許人？」

「我對此人一無所知。」

「卡門怎麼說？」

「我還沒問，也不打算問。就算我問了，她也只會忸忸怩怩地吸吮拇指。」

我說：「我剛在大廳遇到她了，她就這樣對我，還打算坐到我的大腿上。」

將軍的表情毫無變化。他雙手交握，平靜地擺在毯子邊緣。屋裡的高溫已經快把我煮成一道新英格蘭燉菜，對他卻好像連暖和都談不上。

「我說話是否應該客氣些，」我問，「還是可以直話直說？」

「我可不覺得你有什麼顧忌，馬羅先生。」

「兩位千金經常在一起混嗎？」

「我想不是。她們各走各的路，各有各的墮落。薇安被寵壞了，尖酸刻薄、精明而且相當無情。卡門還是個孩子，喜歡扯掉蒼蠅的翅膀。兩個人都不比一隻貓更有道德感。我也一樣。史坦梧家的人向來如此。你繼續說。」

「想必她們都受過良好的教育，知道自己在幹什麼。」

「薇安讀過幾所上流勢利的名門學校，還念了大學。卡門進過半打學校，校風一間比一間開放，結果還是跟入學前一個樣。我料想所有常見的惡習，她們都染過，而且現在依然如故。如果身為家長的我講話有些難聽，馬羅先生，那是因為我來日無多，已容不下維多利亞式的虛偽。」他把頭靠在椅背上，閉上眼睛，隨即又忽然睜開。「自不必多言，一個男人活到五十四歲才初為人父，其結果可想而知。」

我抿了一口酒，點點頭。看得出他瘦削灰暗的喉頭上頸脈在微微抽動，只是緩慢得幾乎不能稱之為脈動了。一個老人，三分之二已經入棺，仍然堅信自己可以撐下去。

「你的結論？」他突然發問。

「我會付他錢。」

「為什麼？」

「花小錢解決大麻煩。這背後想必有鬼，但如果事情還沒發生，就沒人能讓您傷心了。況且一大票騙子花上一大票時間，從您身上騙到的，充其量也就是一根毫毛，您甚至都感覺不到。」

「我有我的尊嚴。」他冷冷地說。

「有人就是衝著這個來的。花點小錢打發他們最容易，要麼就找警察。除非您能證明其中有詐，否則蓋格完全可以靠這些票據索錢。不過他沒這麼做，反而作為禮物雙手奉上，還承認這些是賭債，這麼一來，即使他還擁有借據，您也有了辯解的餘地。如果他是個騙子，顯然很懂行。如果他是個老實人，只是順便做點借貸生意，那他應該要拿到他的錢。您剛才說的讓您付了五千塊的裘．波第是什麼人？」

「一個賭棍吧，記不太清楚了。我的管家諾里斯應該知道。」

「兩位千金自己手上有錢嗎，將軍？」

「薇安有，但不算多。卡門還小，不到繼承她母親遺產的年紀。她們的零用錢我都給得很大方。」

我說：「如果您只是想打發這個蓋格，將軍，我的確可以辦到，不管他是誰，不管他握著什麼把柄。這樣的話，在付我酬勞之外，可能您還需要再破費一些。不過當然您並不能得到什麼保證，給他們一點甜頭向來無法保證他們會善罷甘休。您已被列為他們的優良客戶。」

「原來如此，」他聳了聳褪色紅浴袍裡寬闊但嶙峋的肩膀，「幾分鐘前你才說付錢了事，現在你又告訴我付了錢也沒什麼保證。」

「我的意思是，讓他敲一筆小竹槓或許是最划算、最省事的解決方式。如此而已。」

「恐怕我是個頗無耐性的人，馬羅先生。你的酬勞怎麼算？」

「一天二十五元，外加其他開銷……運氣好的話。」

「可以。就替人除掉背上的毒瘤來說，收費似乎相當合理。這是極為精妙的手術，但願你能明白。你會做得盡量不驚動病人吧？毒瘤或許還不止一個，馬羅先生。」

我喝完第二杯酒，抹了抹嘴和臉。兩杯白蘭地下肚，沒給我帶來丁點兒涼意。將軍對我眨眨眼，掖緊毯子的邊緣。

「要是我覺得這傢伙手法還算上路，能否和他做筆交易？」

「當然。現在事情全權委託你。我做事從不三心二意。」

「我會解決他的，」我說，「他會感受到一座橋塌在腦門上。」

「我相信你會。現在我得失陪了，我累了。」他伸手按下輪椅扶手上的電鈴。電鈴線接入一條黑色電纜，沿著叢林裡許多墨綠盒子一路蜿蜒出去。蘭花在那些盒子裡生長、腐爛。他闔上眼，隨即又睜開，盯了我一眼，眼神銳利而明亮，接著又靠回軟墊中。他眼皮再次垂下，不再理會我。

我站起身，從濕漉漉的藤椅椅背上拎起外套，穿過蘭花叢，出了兩道門，置身於十月涼爽清新的空氣裡，深吸了幾口補充氧氣。車庫門前的司機已經不見蹤影。管家踏著紅石小徑向我走來，步履輕盈、背脊挺直得像塊熨衣板。我披上外套，看著他走近。

他在離我大約兩呎的地方止步，慎重其事地說：「在您離開之前，雷根太太想要見見您，先生。至於您的酬勞，將軍吩咐我給您開張支票，數目隨您所需。」

「怎麼吩咐你的？」

他愣了一下，隨即展開笑容。「啊，我明白了，先生。當然，您是一位偵探。我聽他的電鈴聲就能知道。」

「你代他開支票？」

「我有這個特權。」

「看來你將來不用埋骨於貧民墓地了。先不必給我錢，多謝。雷根太太找我有何貴幹？」

他的藍色眼睛平靜看著我，「她對您的來訪目的有所誤解，先生。」

「誰告訴她我來了？」

「從她的房間窗戶可以望到暖房，她看見我們走進去。我不得不告訴她您的身分。」

「我不喜歡這樣。」我說。

他的藍色眼睛蒙上一層寒霜，「您打算告訴我要如何履行我的職責嗎，先生？」

「並非如此，不過猜測你有哪些職責讓我感覺頗為有趣。」

我們四目相對了片刻。他丟下一道藍色目光，轉身離開。

3

這房間太大，天花板太遠，門太高，白色地毯鋪滿整個房間，像是箭頭湖剛剛積起的一層新雪。房間裡到處擺著落地長鏡和水晶裝飾品。象牙白的家具鍍了鉻，泛著銀光。同樣是象牙白的巨大窗簾垂落在雪白地毯上，捲出一碼遠的白色波浪。白色的映襯令象牙色看似骯髒不堪，而象牙色也令白色顯得失色無光。從窗戶望出去是益發陰沉的山麓地帶。大雨即將來臨，空氣變得窒悶而沉重。

我挨著一張寬大軟椅的邊緣坐下，看著雷根夫人。她很有看頭，真是個尤物。她除掉拖鞋，手腳舒展地斜倚在一張長椅上，於是我盯著她套著輕薄絲襪的腿目不轉睛。那雙腿似乎是存心擺在那兒讓人琢磨的，膝蓋以下一覽無遺，有一條腿還露得更多。膝蓋圓潤，有淺淺的凹陷，不是那種皮包骨的瘦骨嶙峋。小腿很漂亮，腳踝纖細，線條優美得足以譜成一曲交響詩。她身材高挑，四肢修長，看起來強健有力。她的頭枕在象牙色的緞布靠墊上，黑色長直髮從中間分線，一雙熾熱的黑眼眸像極了大廳裡的畫中人。嘴巴和下頜都很端正，嘴角略帶著悶悶不樂的神色，下唇飽滿。

她端著酒杯，往嘴裡送了一口酒，透過杯子邊緣冷冷掃了我一眼。

「所以你是位私家偵探，」她說，「我不曉得真有這一行業，以為只存在於小說中。他們不就是些躲在酒店周圍探頭探腦的滑稽小人嗎？」

這話對我而言毫無意義，只當是一陣耳邊風吹過。她把玻璃酒杯放在長椅的平滑扶手上，閃爍著翡翠綠的手指輕撫著秀髮。她慢條斯理地說：「你覺得我爸怎麼樣？」

「我喜歡他。」我說。

「他喜歡拉斯帝。我猜你應該知道拉斯帝是誰吧？」

「嗯哼。」

「拉斯帝有時很土氣很粗俗，但他非常真誠可靠，更不用說他帶給我爸很多樂子。拉斯帝不該那樣不告而別的。我爸難過極了，雖然嘴上沒說。或是他這麼說了嗎？」

「他提到一些。」

「你不是個愛講話的人，是吧，馬羅先生？我爸想要找到拉斯帝，是不是？」

我沉默片刻，禮貌地看著她，「是，也不是。」我說。

「這可算不上回答。你認為你能找到他嗎？」

「我沒講我會去找。為什麼不試試失蹤人口調查局？他們有這樣的組織，這不是一個獨立業者做得來的差事。」

「哦，我爸不會同意讓警方攪進來的。」她再次透過杯子平靜地看著我，將酒一飲而盡，伸手按了鈴。一名女傭從邊門進來，是個中年婦女，泛黃的溫和長臉，長鼻子，沒有下巴，一雙眼睛水汪汪的，就像一匹勞苦多年後放歸牧場的溫馴老馬。雷根太太朝她晃了晃空酒杯，她便調了杯酒遞過去，緊接著轉身走出房間，沒說一句話，也沒往我這邊瞅一眼。

門關上後，雷根太太問：「那麼，你打算從哪裡著手？」

「他什麼時候溜掉的？怎麼溜掉的？」

「我爸沒跟你講嗎？」

我歪著頭咧嘴一笑。她不由臉紅，熾熱的黑眼睛冒出怒火，「我不懂有什麼要遮遮掩掩的，」她厲聲道，「而且，我不喜歡你的作風。」

「你的作風我也沒愛到發狂啊，」我說，「可不是我主動要見你，是你請我來的。我不在乎你要跟我擺架子，直接灌一整瓶威士忌當午餐。我也不在乎你要我欣賞你的美腿，那真是一對迷人玉腿，認識它們榮幸之至。我更毫不在乎你是否看得上我的作風，我的作風的確很差勁，漫漫冬夜裡我常為此悲傷難過。但別浪費你的時間想要盤問我。」

她將手中杯子砰地一摔，酒液噴濺在象牙色靠墊上，接著她兩腿一甩站起身，眼含怒火，鼻翼大張，芳唇微啟，皓齒亮晃晃地對著我。她緊握著拳，指節泛白。

「沒有人這樣跟我講話。」她嘶啞地說。

我安坐椅上，照舊咧著嘴笑。終於，她慢慢合攏嘴巴，低頭看著灑出來的酒液。她在長椅的邊緣坐下，一手托住下頜。

「我的天，你這頭高大、黝黑、英俊的野獸！我真該朝你丟一輛別克車。」

我掏出根火柴往拇指指甲上一擦，一下就點燃了。我吐出一口菸，靜待下文。

「我討厭剛愎自用的人，」她說，「就是討厭。」

「你到底在害怕什麼，雷根太太？」

她的眼睛變得灰白，隨即漸漸轉深，直到烏黑的瞳孔好似撐滿整個眼眶，鼻翼也像被捏了一把似的。

「那根本不是他要你辦的事，」她勉強按捺著怒氣說，「我是說拉斯帝的事，是吧？」

「你最好自己去問他。」

她再次爆發，「滾出去！該死的，滾出去！」

我站起來。「坐下！」她喝道。我便坐回去，手指彈著掌心，等她開口。

「拜託，」她說：「拜託了。你找得到拉斯帝的……如果我爸要你去找的話。」

這招也不奏效。我點點頭問：「他什麼時候走的？」

「一個月前的某天下午，他什麼話也沒留下，直接開車走掉了。他們在一處私人車庫找到了那輛車。」

「他們？」

她露出狡黠之色，整個身子似乎都鬆懈下來，頗為得意地笑了，「那麼他真的沒告訴你。」她的聲音近乎雀躍，彷彿鬥智贏過了我。也許確實如此。

「不錯，他跟我聊了幾句雷根先生，不過那不是他找我的原因。這就是你一直希望我說的嗎？」

「我才不在意你說什麼呢。」

我再次站起身。「那我就告辭了。」她沒吭聲。我走向進屋時穿過的那扇高大白色房門，回頭看時，她正咬著嘴唇，就像小狗在啃噬地毯邊緣。

我走出房間，步下磁磚樓梯回到大廳，管家不知從哪裡冒出來，手裡拿著我的帽子。他替我拉開大門時，我把帽子戴到頭上。

「你弄錯了，」我說，「雷根太太並不想見我。」

他低了低滿是銀髮的頭，禮貌地回答：「我很抱歉，先生。我常常弄錯。」他貼著我的背脊關上了門。

我站在台階上吞雲吐霧，俯瞰著層層低落的露台上種植的花圃和修剪齊整的樹木，盡頭則是高高的鐵柵欄，頂上直聳著鍍金矛尖，包圍著這片地產。一條車道蜿蜒而下，從擋土牆之間直通到敞開的鐵門前。鐵柵欄之外，山丘迤邐，綿延數哩，遠遠的山腳處，隱約可以望見幾座破舊的木頭油井架，那正是史坦梧家族當年發跡致富之所在。史坦梧將軍清整了大部分油田，並把它們捐贈給這座城市，開闢為公園。不過還有一小片油田保留了幾組油井，一天可以泵出五、六桶石油來。史坦梧一家早已搬到山頂居住，再也不必聞採礦廢水的腐臭味和石油的刺鼻味，但他們依然可以望向窗外，眺望曾經的搖錢樹，如果他們有此雅興的話。不過我猜未必。

我順著露台之間的磚石小徑往下走，再沿著鐵柵欄內側轉到鐵門外，我的車就停在街邊一棵胡椒樹下。滾雷正在山麓上空炸響，山頂一片紫黑，眼看暴雨將至，空氣中有股濃濃的雨腥味。我把敞篷車的頂篷闔上，然後向城裡開去。

她的確有雙美腿，這一點我得承認。她和她父親是一對左右逢源的市民。他大概只是想試試我，因為他交給我的差事其實是律師的工作。即使這位經營「珍本與精裝版書籍」的亞瑟．闞．蓋格先生到頭來果真是要敲竹槓，這也還是律師的工作，除非其間有更多的內情超出表面所見。粗略一看，我便覺得查明此中蹊蹺必定很有樂趣。

我開車到好萊塢公共圖書館，找到一本枯燥大部頭《著名初版書》，對它做了番粗淺研究。半小時後，它就告訴我該是時候吃午餐了。

4

亞瑟．闞．蓋格的店面臨街，在好萊塢大道北側，靠近拉斯帕爾馬斯街。店門向內凹進一大塊，櫥窗鑲了銅邊框，裡面擋著中式屏風，所以我看不見店裡的樣子。櫥窗裡堆著形形色色東方風情的破爛玩意兒。我不知道那些物件有何用處，畢竟除了未付清的帳單，我不收集任何古董。店門倒是一扇平板玻璃，只是店內光線黯淡，依舊不能透過玻璃看清楚。與店毗鄰的一側是大樓的入口，另一側則是一家閃爍奪目的信貸珠寶行。珠寶商站在店門口，腳跟前後搖晃，一副百無聊賴樣。他是個高大英俊的猶太佬，一頭白髮，穿著剪裁合身的黑色衣服，右手上一枚鑽石戒指足有九克拉。看我轉進蓋格的店鋪，他嘴角上揚，會意一笑。我把門在身後輕輕帶上，踏上鋪滿整間書店的藍色厚絨毯。屋裡擺著幾張藍色皮革安樂椅，旁邊立著菸灰缸架。光潔的長條書桌上陳列著幾套壓花皮面裝訂書，兩側豎著書擋。牆上的玻璃書櫃裡排放著更多的壓花裝訂書。這些裝飾門面的養眼貨，家財萬貫的贊助人會成套成套的買回去，再請人貼上他的藏書票。店鋪後面有道原木花紋隔板牆，正中有一扇門關著。隔板和牆面之間的角落，擺著一張小桌子，桌上有一盞木頭雕花檯燈，桌後坐著一個女人。她緩緩站起，身著一襲全黑緊身裙，款擺腰肢向我走來；腿很長，步態是我不太會在書店見到的。髮色灰金，眼睛碧綠，睫毛上點綴著凝珠，頭髮柔順地披在耳後，碩大的黑玉耳飾閃閃發亮。她的指甲塗成銀色。儘管一身打扮光可鑑人，但看上去有股呼之欲出的簡陋小臥室般的窮酸味。

她靠近我，性感得足以攪亂生意人的一場午宴。她偏著頭，手指撥弄著一綹散亂得恰到好處的柔亮鬈髮。她的笑容略顯猶疑，若多花些工夫，完全能變得魅人的。

「需要什麼嗎？」她探問。

我戴著一副角框墨鏡，故意尖著嗓子，發出小鳥般的聲音：「你這裡會不會剛好有一八六〇年版的《賓漢》？」

她嘴上沒說「啥？」，但心裡是想說出來的。她漠然一笑，「初版？」

「第三版，」我說，「第一百一十六頁有印刷錯誤的那一版。」

「恐怕……目前沒有。」

「那麼一八四〇版奥杜邦的《美國鳥類》呢……當然，要全套的？」

「呃，目前也沒有。」她咕噥著，笑容已經懸在齒邊和眉梢，不知掉落時會砸在什麼東西上。

「你們是賣書的嗎？」我吊著禮貌的假嗓問道。

她上下打量我，笑容不見了，目光閃出敵意，身子變得挺直僵硬。她將銀色指甲朝玻璃書櫃一揮，「你以為那些是什麼……葡萄柚嗎？」語氣尖酸。

「噢，那種貨色我沒什麼興趣，你曉得，多半都是成套的鋼版複本，彩色兩分錢，黑白一分錢，俗氣的普通玩意兒。算了吧，抱歉，沒興趣。」

「我懂了。」她試圖把笑容頂回臉上，惱火得像是個罹患腮腺炎的市議員。「或許蓋格先生能幫你……但他現在不在。」她雙眼細細端詳著我。要她談珍本書，就像要我指揮跳蚤馬戲團一樣一竅不通。

「他等下會回來嗎？」

「恐怕要很晚。」

「真糟糕，」我說，「啊，太糟糕了。我坐下抽根菸好了，這些藍椅子很討人喜歡。我今天下午很閒，除了三角學課程，也沒什麼要動腦筋的。」

「好，」她說，「坐……吧，當然。」

我找了張椅子坐下，伸展雙腿，用菸架上圓形鍍鎳打火機點了一根菸。她依然站在那裡沒動，咬著下唇，眼神隱約有些不安。最後，她兀自點點頭，慢吞吞轉身走回角落的小桌子，從檯燈後面盯著我。我搭起雙腳，打了個呵欠，看到她把銀色手指伸向桌上的電話，但沒拿起聽筒就又放下手，開始敲打桌面。

房間內一片沉寂，大約五分鐘後，店門打開，一個骨瘦如柴、大鼻高個子的傢伙走了進來，拄著手杖不疾不徐。他猛力把門關上，逕直向角落大步跨去，將一個包裹放在小桌上。他從口袋裡掏出一個四角扣金印有徽章的皮夾，出示裡面某樣東西給金髮女郎過目。她按了桌上的一個按鈕，高個子傢伙隨即走到隔板門前，打開足以容身的一道縫，側身溜了進去。

我抽完手上的菸，又點了一根。時間緩慢流逝。外面大道上，汽車喇叭嘀嘀嗚嗚吼個不停，一列紅色的城際電車隆隆駛過，交通號誌燈不時地噹噹示警。金髮女郎一隻手肘支著身體，另一隻手罩住眼睛，透過指縫盯著我。隔板的門打開了，高個子傢伙提著手杖閃了出來，手上拿著另一個包裹，看樣子是本大厚書。他走到小桌前，付了帳，隨即像來時那樣離開，踮起腳尖，張著嘴巴喘氣，經過我身邊時，狠狠地瞟了我一眼。

我站起身，朝金髮女郎抬抬帽子，尾隨那傢伙出了店門。他往西走，手杖緊貼著右腳小而急地擺動。要跟住他不難。他那件外套相當花稍，馬皮料子，衣肩處剪裁寬闊，頸項像根芹菜莖般戳出來，腦袋隨著腳步一晃一晃地。我們走了一個半街區，在高地大道遇到紅燈，我站到他身邊，好讓他看見我。他先是漫不經心地斜睨了我一眼，隨即一怔，目光銳利起來，迅即把頭撇開。我們趁綠燈穿過高地大道，又走了一個街區。他邁開長腿加大步伐，到街角時已領先我二十碼。他接著向右轉上山坡，走了一百英呎後停下腳步，手杖勾在手臂上，從內側口袋摸出一只皮質菸盒。他往嘴裡塞了根菸，故意弄掉火柴盒，彎腰去撿時順勢向後瞄了一眼，發現我正在街角盯著他，登時直起身子，活像屁股上被誰踹了一腳。他大步踉蹌地繼續往山上走，手杖戳著人行道，扯起一股塵土。他又向左轉去，等我趕到轉彎處時，已經被甩開至少半個街區的距離。我氣喘吁吁地追上去，眼前出現一條林蔭窄道，一側是擋土牆，另一側則是三座花園平房的庭院。

他不見了。我沿著街區轉繞，東張西望。來到第二座院子時，有了發現。這地方叫作「拉巴巴」，靜謐幽暗，樹蔭下有兩排平房相對而立，中間步道兩旁種著義大利柏樹，全修剪得粗短而敦實，很像〈阿里巴巴和四十大盜〉裡的油甕。第三個油甕後面，一截花稍的袖管一閃。

我靠著車道旁的一棵胡椒樹，耐心等待。山麓地帶又傳來隆隆雷聲，層疊的烏雲向南堆積翻滾，映出閃電的炫目光芒。幾滴雨珠試探性地打在人行道上，留下五分錢硬幣大小的水印，空氣如史坦梧將軍的蘭花暖房般凝滯。

樹後的袖管又閃了出來，接著一個大鼻子、一隻眼睛和幾綹不戴帽子的沙黃色頭髮。那隻眼睛瞄了我一下，消失不見了，它的同伴在柏樹的另一側像啄木鳥般的又冒出來。這樣過了五分鐘。他撐不下去了，這種人通常只有半個膽子。我聽到擦火柴的聲音，緊接著口哨聲響起，一道昏暗的影子沿著草坪滑向另一棵樹。隨後他出現在步道上，甩著手杖，吹著口哨，徑直朝我走來。哨聲很刺耳，吹得戰戰兢兢。我略微抬頭，望向陰沉沉的天空。他從我身邊十英呎遠的地方走過，沒瞧我一眼。他現在安全了，他的包袱甩掉了。

待他從我的視線裡消失後，我走上「拉巴巴」的中間步道，撥開第三棵柏樹樹枝，抽出一本包裹嚴實的書，夾在腋下，轉身離開。沒人朝我大喝。

5

折回好萊塢大道，我走進一家藥房雜貨店的電話亭，查到亞瑟・關・蓋格的住址。他住在拉維恩坡道，位於月桂峽谷大道的橫岔山坡路上。我投進五分鎳幣，隨手撥了他的號碼，純粹為了好玩。無人接聽。我翻到電話簿的分類廣告欄，發現這附近街區有幾家書店。

我去的第一家書店在好萊塢大道北側，店鋪底層寬敞，專賣文具和辦公用品，有很多書堆在夾層，不像我要找的地方。我穿過馬路向東走了兩個街區，找到另一家書店。這回比較像了，雜亂狹窄的小店，書滿滿當當地從地面一直堆到天花板，四、五個閒逛的人在裡面消磨時間，無所顧忌地在嶄新書封上按上指印，也完全沒人在意。我側身鑽進書店深處，穿過一道隔板牆，看見一個膚色黝黑的小個子女人正在書桌前讀一本法律書籍。

我抖開皮夾，往桌上一放，讓她看到別在翻蓋裡的徽章。她瞧了一眼，摘下眼鏡，身子往椅背上一靠。我收起皮夾。她有一張猶太女人智慧而精緻的面孔。她盯著我，一言不發。

我說：「能幫我一個忙嗎，一個小忙？」

「不好說。什麼忙？」她的嗓音輕柔，略帶沙啞。

「你知道蓋格的店嗎，對街往西過兩個街區那間？」

「我也許曾經從門口路過。」

「是家書店，」我說，「但不是你這種書店，你心知肚明。」

她略微撇了下嘴，沒搭腔。「你見過蓋格嗎？」我問。

「抱歉，我不認識蓋格先生。」

「那麼，你沒法告訴我他的長相了？」

她又撇了撇嘴，「我為什麼要告訴你？」

「沒有任何理由。要是你不肯，我也無法強迫你。」

她探頭往隔板牆外張望了一下，又靠回椅背。「剛才那枚是警長的徽章，對嗎？」

「榮譽警官罷了，算不上什麼，也就值一根廉價雪茄吧。」

「我明白了。」她伸手拿了包香菸，抖出一支，湊過去用嘴唇啣住。我替她劃了根火柴，她道了謝，又靠回椅背，透過煙霧打量我。她謹慎地說：

「你想知道他長什麼樣子，但又沒打算和他面對面講話？」

「他不在店裡。」我說。

「遲早會在，畢竟那是他的店。」

「我暫時還不想和他照面。」我說。

她又往隔板門外望了望。我說：「懂珍本書籍嗎？」

「你可以考考我。」

「你們有沒有一八六〇年的《賓漢》，第三版，一百一十六頁有一行重複印刷？」

她把那本黃皮法律書推到一旁，拿起豎在桌上的一冊厚書，翻閱了一陣，找到她要的那一頁，研讀了一番。「沒有人有這本書，」她頭也不抬地說，「根本不存在這個版本。」

「的確如此。」

「你到底是什麼意思？」

「蓋格店裡的女孩卻對此一無所知。」

她抬頭看我，「我明白了。你開始勾起我的興趣了，有點兒意思。」

「我是私家偵探，正在辦一樁案子。或許我是求你幫個大忙，但在我看來似乎不算過分。」

她呼出一口綿軟的灰霧煙圈，手指在當中戳了一下，裊裊煙圈頓時散作縷縷游絲。她語調平穩而淡漠地說：「他四十出頭，我估計。中等身高，略胖，體重大約有一百六十磅，肥臉，陳查理式[3]的八字鬍，脖頸很粗，鬆鬆垮垮，一身肥肉。穿著講究，不戴帽子，假裝對古董很內行，實則一竅不通。哦，對了，他的左眼是玻璃眼珠。」

「你幹警察一定很出色。」我說。

她把參考書立回桌角的開放式書架，重新攤開那本法律書。「還是算了吧。」她說著，戴上了眼鏡。

我道謝離開。已經開始下雨了，我腋下夾著那本包裹著的書，快步朝車子跑去。它停在一條巷子裡，車頭朝向好萊塢大道，幾乎正對著蓋格的店。我還沒到那裡，身子就已經淋個濕透。我連滾帶爬鑽進車子，搖上兩側車窗，拿出手帕抹乾包裹，然後將它打開。

果然不出所料，一本厚書，裝訂考究，精良的手工排版印刷，紙張上乘。穿插著全頁的藝術照片，照片和文字都猥褻得難以入目。書並不算新，卷首空頁上加蓋著借出和歸還日期。一本出租書。原來是一家提供精美淫穢書籍的租書店。

我把書重新包好，鎖進座椅背後的儲物箱。這種非法營業，堂而皇之地開在好萊塢大道上，明擺著後台很硬。我沉浸在香菸的毒霧中，聽著雨聲，思量此事。

6

雨水灌滿排水溝，在人行道上蓄起齊膝的積水。大塊頭的警察們身穿槍膛般鋥亮的雨衣，正抱起女孩們蹚過水坑，女孩們咯咯傻笑，警察們更是樂此不疲。雨點重重地搥在車頂上，頂篷開始漏雨。車內底板積了一汪水，剛好夠我泡腳。秋日下這種雨也未免嫌早。我奮力穿上風衣，衝到最近的藥房雜貨店，替自己買了一品脫威士忌。回到車上，灌了不少下肚，好讓自己足夠保暖，也可打發無聊。我違停已經許久，但警察們正忙著抱小姐過街，一個勁兒地吹著哨子，沒空搭理我。

儘管是下雨天，或者說正因為是下雨天，蓋格店裡門庭若市。門前停著高檔轎車，看似體面的人攜著包裹進進出出。並非全是男士。

下午四點左右，他露面了。一輛奶油色雙門小轎車在店門口停下來，他下車閃進店門時，我瞥見那張肥臉和陳查理式的八字鬍。他沒戴帽子，套著一件有腰帶的綠色皮雨衣。在這個距離下，我沒辦法看清他那隻玻璃眼珠。一名身穿無袖緊身短皮衣的

3 陳查理，美國作家厄爾·德爾·比格斯筆下的華人探長，他的特徵之一是留有小而濃密的黑色八字鬍鬚。

高個子俊俏少年從店裡走出，把蓋格的轎車開去街角停好，然後步行回來。他亮閃閃的黑髮被雨水淋濕，緊黏著頭皮。

又過了一個小時。天色漸暗，雨霧氤氳，店鋪的朦朧燈影浸沒在漆黑的街道中。有軌電車沒好氣地叮噹駛過。大約五點十五分，那個穿短外套的高個子少年又從蓋格的店裡出來，拎著一把傘，向那輛奶油色小轎車走去。他把車停在店門口後，蓋格走了出來，少年趕忙撐開傘遮在蓋格那光禿禿的頭頂上方。之後，他收好傘，甩了甩雨水，遞進車內，這才跑回店裡。我發動引擎。

雙門小轎車沿著好萊塢大道往西行駛，逼得我只好違規左轉，惹火了不少人，其中一名電車司機冒雨探出頭來，對我破口大罵。等我轉進正常車道時，小轎車已在兩個街區之外。但願蓋格正往家的方向駛去。我有兩三次瞥見他的車，直到向北拐入月桂峽谷大道時，終於追上他。他在坡道半途左轉彎，駛上一條濕漉漉的水泥路。那條彎曲迂迴的窄路是拉維恩坡道，一側是高陡斜坡，另一側順著山坡零星搭建著幾座小木屋般的房舍，屋頂看起來不比路面高出多少，房舍的前窗掩映在樹籬和灌木叢中，四處都是被雨澆透的樹木，啪嗒啪嗒地淌著水。

蓋格已打亮車燈，而我還沒。我加速在一處彎道超過他，擦身而過時瞥了一眼旁邊房子的門牌號碼，然後開到街區盡頭轉了個彎。他已經把車停好，車燈斜射在一棟小房子的車庫裡。那棟房子前有一片方形樹籬，刻意修剪過，把房門遮得嚴實。我望著他撐傘走出車庫，穿過樹籬進了屋。看樣子，他並未料到有人跟蹤他。屋裡亮起燈。我沿街將車慢吞吞開到他家上方的一棟房子前，那房子似乎無人居住，但也沒掛牌招租或出售。我停妥車，搖下車窗透氣，對著酒瓶灌了口威士忌，坐著等待。我不知道自己在等什麼，但有某種直覺要我等下去。時間一分一秒慢悠悠地爬過。

有兩輛車開上山坡，翻過山頂。這似乎是一條非常僻靜的街道。稍過六點鐘，又有幾束明亮的車燈在暴雨中晃過。此時天色已是一片漆黑，一輛車緩緩在蓋格家門前停下，車燈鎢絲逐漸暗下來，最後熄滅。車門打開，下來一個女人，嬌小苗條，頭戴寬邊軟帽，身穿透明雨衣。她走進那座迷宮般的方形樹籬。隱約一聲門鈴響，雨幕中透出一線燈光，門慢慢關上，又是一片闃寂。

我從車內置物袋裡掏出手電筒，沿坡道往下查看那輛車。那是一輛帕卡德敞篷車，褐紅或深棕色，左側車窗沒有搖上去。我摸索著找到車牌框，用手電筒照著看。註冊登記是「卡門．史坦梧　西好萊塢市阿爾塔布雷亞彎道三七六五號」。我又回到自己的車裡，枯坐了好一陣。車頂篷的雨滴在膝蓋上，威士忌灼燒著我的胃。沒有其他車子再開上山來，我車子旁邊的那棟房子也沒有亮燈。看來要幹點壞勾當的話，這片街區倒是再適合不過了。

七點二十分，一道強烈白光從蓋格房裡射出，猶如夏日閃電般耀眼。黑暗旋即聚攏將其吞噬，接著屋裡又傳來一聲清脆而細弱的尖叫，在被雨水澆透的灌木中迴盪。回聲尚未完全消失前，我已經跳下車，衝向蓋格的房子。

叫聲中沒有恐懼，更像是一聲摻著喜悅的驚呼，一種伴著酒醉的腔調，一副純粹裝瘋賣傻的口吻。這聲音令人作嘔，讓我聯想到躺在白色鐵窗後，狹窄的硬板床上，手腕及腳踝都用皮帶束縛著的那些男人。我鑽進樹籬豁口，繞過它遮擋前門的拐角，蓋格的巢窟此時又重歸於徹底的寂靜。我看到門上一頭獅子叼著只鐵環，便伸手抓了上去。就在這一刻，彷彿有人在等待訊號似的，屋裡爆出三聲槍響，緊接著一聲，好像是有人粗重長嘆，隨後有個什麼軟綿綿的東西在忙亂中重重倒地，跟著屋裡一陣急促的腳步聲……然後漸行漸遠。

屋門正對著一條狹窄甬道，像架在水溝上的步行橋，連接著屋牆和擋土牆。房子四周沒有長廊，沒有空地，也沒有路可以繞到屋後。後門連著一段木頭台階，通向山坡下方類似小巷的街道。我之所以知道，是因為聽到一陣噠噠噠奔下台階的腳步聲。接著，我聽到汽車引擎猛然發動的轟吼聲，車聲迅速消失在遠方。我似乎覺得還有另外一輛車子的聲音，但不能確定。這棟房子眼下如墓窖般死寂。沒必要著急了，裡面無論有什麼，反正就待在裡面了。

我跨立在甬道一側的短籬上，探著身子靠向落地窗。落地窗掛了窗簾卻沒裝紗幔，我試圖透過窗簾間的縫隙向屋內張望，看到牆上的燈光和書架一角。我再下到甬道上，退到不能再退，甚至幾乎進到樹籬裡，然後對準房門猛力衝過去，用肩膀狠命一撞。這實在有夠蠢的。加州的房子，若有什麼地方沒法一腳踢破，那就是前門了。結果我只給肩膀惹來一陣劇痛，也把自己給惹火了。我再度攀越短籬，朝落地窗踹了一腳，以帽子當護手，拔除下方小窗格大部分的碎玻璃。這下子我可以伸手進去，拉開扣住窗戶和窗台的螺栓。其餘部分就易如反掌了。落地窗頂部沒裝螺栓，搭扣一推就開了。我爬進去，一把扯開拂上臉的窗簾。

屋裡有兩個人，沒人在意我就這樣闖入，儘管其中一個是死人。

7

屋子很寬敞，涵蓋了整棟房子的寬度。低矮的天花板橫梁裸露，褐色的膠泥牆壁上裝飾著細長條的中國刺繡以及鑲在原木花紋框裡的中國、日本版畫。屋裡幾個矮書架，一塊粉紅色中式地毯厚實到就算地鼠在裡面鑽上一個禮拜，也不用擔心鼻子會露出來。到處散放著軟墊和絲織品，好像住在那裡的人非得撈起什麼摩挲一陣似的。屋裡還擺了張寬寬矮矮的長沙發，繡著老舊的玫瑰花織錦，上面疊了很多衣服，其中還有件紫丁香色的絲質內衣。一盞帶底座的雕花大檯燈，兩盞裝有翡翠綠燈罩和長流蘇的落地立燈。一張黑色書桌，四個桌角雕著怪獸，書桌後面擺著一把光亮的黑椅子，扶手和椅背都有雕紋，上面放著黃綢緞坐墊。屋裡瀰漫著各種怪味，此刻最明顯的是火藥燃燒後的刺鼻苦味和乙醚令人作嘔的香甜味。

房間末端，一個低矮平台上，有一張高背柚木扶手椅，椅子上鋪了一塊橘紅色綴流蘇披肩，上面坐著卡門·史坦梧小姐。她正襟危坐，雙手搭在扶手上，雙膝併攏，身姿僵硬挺拔，像一尊埃及女神像。她的下頷端平，細小光潔的牙齒在兩片微啟的嘴唇之間閃爍。她雙眼圓睜，石板灰色的虹膜吞噬了整個瞳孔，那是一對魔怔發狂的眼睛。她似乎喪失了知覺，卻擺出一副有知覺的姿態，看起來彷彿打心底認定自己正在做一件非同小可的大事，而且幹得相當出色。她嘴裡發出一串微弱尖細的咯咯聲，不過表情絲毫沒被影響，甚至連嘴唇也文風不動。

她戴著一副長長的翡翠耳墜，極為精緻，大概價值數百美元。除此之外，她一絲不掛。

她有一副美麗的胴體，嬌小，柔軟，緊致，結實，圓潤。燈光下，她的肌膚瑩潤剔透，泛著珍珠般的光澤，雙腿雖不似雷根太太那種妖冶撩人的魅力，卻也非常好看。我打量著她，既不覺面紅耳赤，也絲毫未生情慾。在這個屋子裡，她並不是個未著寸縷的裸體女孩，而只是個毒癮犯。對我而言，她永遠只是個吸毒鬼。

我不再看她，把目光移向蓋格。他仰臥在地，躺在那塊中式地毯的流蘇旁，身後是一根看似某種圖騰柱的物體。那東西輪廓像老鷹，溜圓的大眼是個照相機鏡頭，對準了扶手椅上那個裸體女孩。圖騰柱的側面夾著一個熄掉的閃光燈泡。蓋格腳下一雙厚毛氈底的中式拖鞋，雙腿裹在黑色綢緞睡褲裡，上身套著中式繡花袍子，前襟浸透血跡。他的玻璃眼珠對著我炯炯閃光，那大概算是他全身最具生氣的東西了。一望便知，先前聽到的三聲槍響無一失誤。他已經死透了。

之前我看到的那道閃電源於閃光燈，發狂的叫聲是這個嗑了藥的赤條條女孩對閃光燈的反應，那三聲槍響則是另一個人的主意，他想給這件事情來個出人意表的大轉折。奔下後階梯，砰地關上車門，踩一腳油門逃走的就是這傢伙。以他而言，我能感覺確實幹得不賴。

黑色書桌的一角擱著一只紅色漆器托盤，托盤上立著幾只輕薄的鑲金紋玻璃杯，旁邊是支大肚酒瓶，裡面盛著棕色液體。我拔掉瓶塞嗅了一下，像是乙醚摻了別的什麼，可能是鴉片。我從沒試過這種混合物，不過這玩意兒倒是和蓋格家頗為相襯。

雨點拍打在屋頂和北面窗戶上，我側耳聆聽，除此之外，沒有其他聲響了，沒有車聲，沒有警鳴，唯有雨劈啪落下。我走到長沙發前，扒掉風衣，在衣物堆裡翻找女孩的衣服。有件淺綠色粗羊毛呢套頭半袖連身裙，我大概有辦法幫她穿上這一件。我決定略過內衣褲，倒不是礙於太過敏感，只是我無法想像自己替她拉上內褲，勾起胸罩鉤扣的樣子。我拎了那件連身裙走去平台上的柚木椅，史坦梧小姐也散發出一股乙醚味，數呎之外就聞得到。她仍然持續發出微弱的咯咯聲，一絲涎沫順著下巴流淌。我用力拍了拍她的臉頰，她眨眨眼睛，咯咯聲停下來。我又在她臉上拍了一下。

「來吧，」我大聲說，「聽話，把衣服穿起來。」

她注視著我，石板灰的眼睛空洞得像是面具上的兩個眼洞。「滾滾滾蛋——」她呢喃著。

我又拍了她幾巴掌，她毫不在乎，也沒能再清醒一點。我開始動手替她穿衣服，她也不在乎。她任我舉起手臂，還把手指張得很開裝可愛。我抓著她的手穿過袖管，從背後拉下裙子，再把她拽起來。她立刻跌進我的懷裡繼續咯咯笑。我把她放回扶手椅，替她穿好長襪和鞋子。

「我們來走幾步，」我說，「好好地走幾步路。」

我們走了幾步。有一會兒她的耳墜直敲在我的胸口上，又有一會兒我們不約而同地錯開身子，就像一對跳慢板的舞伴。我們走到蓋格旁邊又走回來，我叫她看著蓋格的屍體，她覺得他的模樣很可愛，傻笑著想告訴我，一張口只嘰哩咕嚕地吐出些白沫。我帶她走到長沙發前，讓她平躺下來，她打了兩個嗝，咯咯傻笑了幾聲，隨即呼呼入睡。我把她的物品塞進我的口袋，繞到圖騰柱的後面。相機還安然地嵌在柱子裡，不過裝底片的暗盒不見了。我在地板上四處找尋，思忖蓋格或許在被槍殺前把底片取了出來。沒有底片。我抓起他冰冷癱軟的手，稍微翻動他的身體。沒有底片。我不喜歡事情如此進展。

我跨進房間後面的走廊，查看整棟房子。右邊有間浴室，還有一扇鎖緊的門，後面是廚房。廚房的窗戶被撬開了，紗窗不見了，看得到窗台上有個地方的掛鉤被扯掉了。後門沒鎖，我讓它保持原樣，轉而查看走廊左邊的一間臥室。那間臥室很整潔，裝飾繁複，帶著脂粉氣。床上鋪蓋著飾有荷葉邊的床罩，三合鏡的梳妝台上擺著香水，旁邊是一條手帕、一些零錢、一把男士髮刷和一串鑰匙。衣櫥裡掛著男人的衣物，床罩的荷葉邊下面露出一雙男人的拖鞋。是蓋格先生的臥室。我拿起那串鑰匙，回到客廳，開始翻查書桌。抽屜很深，最裡面有個上鎖的鋼製盒子，我用其中一把鑰匙把它打開，裡面除了一本帶索引的藍色皮面冊子之外，並無他物。冊子裡寫了許多密碼，字跡是那種斜形印刷書寫體，跟寫給史坦梧將軍的信一模一樣。我把記事簿收進口袋，把盒子上我手指碰過的地方擦拭乾淨，鎖好書桌，把鑰匙裝進口袋，熄滅壁爐裡的瓦斯火，披上我的風衣，想辦法把史坦梧小姐弄醒。她毫無反應。我把那頂寬邊軟帽往她頭上一扣，用她的雨衣裹住她，抱去她的車上。我折回屋裡熄掉所有的燈，關上前門，從她的皮包裡挖出車鑰匙，發動那輛帕卡德。我們一路駛下山去，沒開車燈，不到十分鐘就已抵達阿爾塔布雷亞彎道。卡門一路打鼾，朝我的臉吐出乙醚氣息，我不得不讓她的腦袋靠上我的肩膀，這樣她才不至於滾到我的大腿上。

8

史坦梧宅邸側門的鉛條窄窗隱約透出昏暗的燈光。我在門廊下停好帕卡德，把口袋裡的東西全數倒在座位上。女孩縮在角落繼續打鼾，帽子斜扣在鼻梁上，兩手鬆垮地攤在雨衣的皺褶裡。我下車按門鈴。腳步聲緩緩移來，彷彿經長途跋涉而至。門打開了，身姿筆挺的銀髮管家從裡面望向我，門廊燈光照著他的髮頂，周圍泛出一圈光環。

他說：「晚安，先生。」彬彬有禮，目光越過我，瞥向那輛帕卡德。他隨即收回視線，注視著我的眼睛。

「雷根太太在家嗎？」

「不在，先生。」

「將軍已經就寢了，希望如此？」

「是的，傍晚是他最好睡的時候。」

「那雷根太太的女傭呢？」

「瑪瑤達？她在，先生。」

「最好找她出來一下。這事需要女人幫忙。去車上瞅一眼就知道了。」

他過去張望了下車子，轉身走回，「明白了，」他說，「我會叫瑪瑤達過來。」

「瑪瑤達應該知道如何照顧她吧。」我說。

「我們都會盡所能地妥善照顧她。」他說。

「我猜你們早有經驗了。」我說。

他沒接話。「那麼，晚安」，我說，「交給你們了。」

「很好，先生。需要幫您叫車嗎？」

「不必，」我說，「事實上，我今晚根本沒來過，這一切都只是你的幻覺。」

他露出笑容，向我微微一低頭，我轉身步下車道，走出大門。

我沿著被雨水澆得濕漉漉的曲折街道蜿蜒而下，穿過十個街區，路樹的雨水不停地墜落在我身上。一路上望見座座鬼魅般龐大陰森的院子，院子深處的大屋宅有窗戶透出光亮；山丘上水氣迷濛，依稀可見簇簇房簷與片片山形牆以及山腳下透出點點燈火的窗戶，猶如森林深處的巫婆房子般遙不可及。我走到一處加油站，刺眼的燈光白晃晃地亮著，霧濛濛的玻璃後面，一個頭戴白帽、身穿深藍色防風夾克的服務員弓著背坐在凳子上，正無精打采地看著報紙。我抬腳想往裡走，隨即轉念繼續趕路。我已經被淋到不能再濕了。這樣的夜晚，要等到一輛計程車，說不定鬍子都長出一大把了，況且，計程車司機會記住你。

我快步疾走了半個小時，終於返回蓋格的住處。那裡沒有人，街上也沒有車，只有我自己的車還停在隔壁房子前，活像隻喪家犬般淒苦慘淡。我從車裡摸出那瓶威士忌，仰頭把剩下的一半灌進喉嚨，然後爬進去，點上一根香菸。我只抽掉半截，丟掉，又下車走去蓋格家。我打開門鎖，踏入死寂而溫熱的黑暗中，站在那裡，任由身上水珠滴到地板，傾聽著屋外的雨聲。我摸到一盞檯燈，把它扭亮。

首先，我注意到牆上少了幾條刺繡絲綢。我剛才並沒有數，但褐色膠泥牆有幾處牆面裸露出來，極為顯眼。我再往裡走幾步，扭亮另外一盞燈。我盯著圖騰柱，柱腳下中式地毯旁，原本光禿禿的地板又鋪上了另一塊地毯。這塊地毯剛才並不在那裡，那裡原先躺著蓋格的屍體。蓋格的屍體不見了。

我僵住了，抿緊嘴巴，瞟一瞟圖騰柱裡的玻璃眼。我把整座房子重新巡視了一遍，一切都沒有一絲一毫的改變。蓋格既不在他荷葉邊的床上，也不在床下，更不在衣櫥裡。他也不在廚房或浴室。那麼就只剩下走道右邊那間上鎖的房間了，蓋格的鑰匙串裡有一把可以將它打開。這房間內部很耐人尋味，但是蓋格並不在裡面。說這房間耐人尋味，是因為它和蓋格的臥室全然不同。這是一間硬邦邦、光禿禿充斥著陽剛氣息的臥室，磨得發亮的木頭地板，幾塊印第安風格的小地毯，兩把直背椅，一座黑色原木紋鏡台，台上擺著一套男士盥洗用具和一對一呎高的銅燭台，上面插著兩根黑蠟燭。床很窄，看起來很硬，上面鋪著褐紅色蠟染床罩。房間裡寒氣逼人。我重新鎖上門，用手帕抹去門把上的指紋，然後回到圖騰柱前。我跪下來，貼著地毯的長絨毛瞇起眼望向前門，看上去有兩條平行溝槽向門口延伸，像是由腳跟拖曳出來的。無論是誰幹的，都是在玩真的，死人的軀體可要比破碎的心沉重多了。

不會是警方。如果是，他們應該還在屋裡，這會兒才開始拉起封鎖線，用粉筆畫圈圈，擺出他們的照相機和鑑定指紋的粉末，一邊叼著廉價雪茄，一邊做著熱身運動。警方一定會把這裡搞得熱鬧非凡。也不會是兇手。他逃得太匆忙了。他一定看見了那個女孩，而且肯定沒把握她是否已經瘋傻到認不出他來。他應該正在逃往遠方的路上。我猜不出答案，不過有人寧可製造蓋格失蹤而不是被謀殺的局面，我也沒什麼意見。這倒讓我有機會找個法子，在報案時不必把卡門．史坦梧牽扯進來。我再度鎖好大門，上車點火，回家淋浴，換身乾爽衣服，吃頓過時的晚餐。在那之後，我坐在房間裡，灌了一大缸的熱托迪[4]，絞盡腦汁試圖破解蓋格那本藍色索引記事簿裡的暗碼。我能確定的只有一點，這是一份姓名和住址清單，很可能是他的顧客名單，足足有四百多位。可真是個大好行業啊，且不提那些勒索敲詐的勾當，估計也不在少數。清單上的任何一個名字都有可能是兇手。等到時這份名單交到警察手裡，我可不會豔羨他們的工作。

我上床就寢時，裝著滿肚子的威士忌和沮喪。我夢到一個男人，身穿血淋淋中式長袍，追逐著一個戴著翡翠長耳墜的裸體女孩，而我則跟在他們倆後面跑，舉著一台沒有底片的相機想要拍照。

9

第二天早上，晨光明媚，碧空萬里。我醒來時口乾舌燥，嘴巴裡好像塞了一只電車司機的手套。我喝了兩杯咖啡，瀏覽了一遍當天的晨報，兩份報紙裡，沒有任何提到關於亞瑟・關・蓋格先生的事情。我正忙著抖平那件濕答答的西裝外套時，電話響了。是勃尼・歐斯打來的，他是地方檢察官的調查組組長，就是他把我介紹給史坦梧將軍的。

「喂，你這小子怎麼啦？」他劈頭問道，聽起來睡得安穩，也沒有欠人太多債。

「昨晚喝太多了，宿醉中。」我說。

「嘖嘖，」他心不在焉地大笑，隨即聲音變得過於漫不經心，帶著那種諱莫如深的警察腔調問：「見過史坦梧將軍了？」

「嗯哼。」

「替他辦差事了？」

「雨下得太大了。」我答道，如果這也算是個回答的話。

「他們家好像總得惹點事。不知誰的一輛大別克轎車正在利都漁港泡海水浴呢。」

4 Hot Toddy，在愛爾蘭也稱為熱威士忌，通常由酒和水與蜂蜜，藥草和香料調製而成，需趁熱飲用。

我握緊聽筒，險些把它捏碎，同時屏住呼吸。

「沒錯，」歐斯興高采烈地說：「一輛嶄新漂亮的別克四門大轎車，灌滿了沙子和海水……噢，我差點忘了，車裡還有個傢伙。」

我緩緩地吐出一口氣，簡直像是懸在嘴唇上，「是雷根？」我問。

「嘎？誰？噢，你說之前賣私酒，被大小姐挑中還跟他結婚的那傢伙，那人我從沒見過。他在水底下打算幹什麼？」

「少跟我耍嘴皮子，有誰會想要在那底下幹什麼？」

「我也不知道，老弟。我正要過去看個究竟。要一起去嗎？」

「好。」

「快點啊，」他說，「我在籠子裡等你。」

不到一個小時，我已經刮過鬍子，穿好衣服，吃了頓簡單的早餐，抵達司法局。我搭電梯上到七樓，一路走到地方檢察官下屬用的那排小辦公室。歐斯的辦公室並不比別人的更寬敞，不過歸他一個人獨用。辦公桌上沒別的東西，只有一片吸墨紙、一組廉價辦公筆、一頂帽子，還有他的一隻腳。歐斯中等身材，金髮，一對硬挺的白眉，冷靜的眼睛，和保養得當的牙齒。他平凡得像是任何一個你會在街上擦肩而過的路人。然而我恰巧知道他手上曾經有過九條人命……其中三條是這些人拿槍對著他的時候，或者有人誤以為正拿槍對著他。

他站起身，把扁錫盒裝的幕間休息牌小雪茄放進口袋，頭尾顛倒叼著嘴裡的那一支，頭向後一仰，目光順著鼻梁看過來，仔細打量著我。

「不是雷根，」他說，「我查過了。雷根是個大塊頭，跟你一樣高，還更壯些。死的是個年輕人。」

我沒搭腔。

「雷根為什麼溜掉？」歐斯問，「你對這事有興趣？」

「也不盡然。」我說。

「原本幹私酒買賣的傢伙和一位闊小姐結了婚，之後卻揮揮手一走了之，告別漂亮夫人還有百萬合法家產……連我都不禁要琢磨一下是怎麼回事了。我猜你認為這是個祕密。」

「嗯哼。」

「好吧，你這小子就不鬆口吧。我不生氣。」他繞過辦公桌，拍拍口袋，伸手抓起帽子。

「我沒在找雷根。」我說。

他鎖上門，我們下樓走到司法局公務停車場，坐上一輛藍色四門小轎車。我們駛出日落大道，不時鳴幾下警笛闖過紅燈。這是一個清爽的早晨，空氣中的涼意恰到好處，生活顯得簡單而甜美，只要你沒有太多心事的話。但是我有。

濱海公路開到利都漁港有三十哩，其中前十哩車流密集，之後便貼著海岸行駛。歐斯全程開了四十五分鐘。我們最後滑了一段，在一個斑駁褪色的灰泥拱門前煞住車，我把雙腳探出車外，兩人一起下了車。狹長的棧橋從拱門一直延伸到海面，兩側擋著兩吋寬四吋長的白木條護欄。棧橋最遠端有一群人正探身往海裡張望，一個摩托騎警站在拱門下，阻止其他人擁上棧橋。公路兩邊停滿了車，總是有一批熱中看死人熱鬧的男男女女。歐斯向騎警出示了他的警徽，我倆踏上棧橋，一股濃烈的魚腥味撲鼻而來，臭氣薰天，即使整夜暴雨也沒沖淡絲毫。

「車子在那裡……在機動駁船上。」歐斯用小雪茄指給我看。

只見一艘和拖船一樣有舵手室的低矮黑色駁船，蹲伏在棧橋尾端的木樁旁。駁船甲板上有個東西在晨曦中熠熠發亮，起重機的鐵鍊還纏在那東西上面，是一輛鍍鉻的黑色大轎車。起重機的鐵臂已經收回原位，降至甲板的高度。轎車四周站著幾個人。我們踩著濕滑的台階踏上甲板。

歐斯向一名穿綠色卡其布制服的警官和一名便衣男子打了聲招呼。駁船的三名船員靠在舵手室前嚼菸草。其中一名正拿著一條髒浴巾抹乾他濕淋淋的頭髮，應該就是他下水替車子綁上鐵鍊的。

我們查看了一下轎車。前面的保險桿凹陷，一只前燈碎裂，另一只變形，車窗玻璃倒沒碎，引擎蓋上有一個大坑，整部車子傷痕累累，噴漆和鍍層覆滿了刮痕。車內的座椅被水浸透，黑漆漆的，但輪胎似乎都沒有損壞。

駕駛還癱在駕駛座上，頭低垂著，與肩膀形成一個彆扭的角度。他是個瘦削的黑髮小子，沒多久前還算是個美少年，可如今臉孔白裡泛青，眼皮低垂，眼睛黯淡無神，張開的嘴巴裡含著泥沙。額頭左角有塊暗沉瘀傷，在蒼白的膚色上格外刺眼。

歐斯退後幾步，喉嚨咕嚕了幾下怪聲，劃火柴點燃他的小雪茄：「怎麼回事？」

制服警官指了指棧橋盡頭伸長脖子東張西望的人群。其中一人正指著白色欄杆上一個被撞出來的大豁口，裂開的木板露出乾淨的黃色斷面，猶如新鋸的松木。

「從那裡衝出去的，撞擊力道一定很大。這邊的雨早就停了，大概昨晚九點鐘吧。撞斷的木頭裡面是乾的，表明事情是雨停後發生的。水位很深，否則車子衝進去後受損會更嚴重，這表明車子掉進去時，漲潮不會漲過半潮位，不然會漂得更遠；退潮也不會晚於退半潮，不然就會卡到木樁上。這樣推算起來，差不多應該是昨晚十點鐘，也許是九點半，不會再早了。今早小伙子們來捕魚，看見了水中的車，我們便找駁船把它打撈上來，結果發現裡面有個死人。」

那名便衣警察用鞋尖刮擦著甲板。歐斯斜睨了我一眼，把叼在嘴裡的小雪茄像香菸那樣抖了抖。

「喝醉了？」他問道，也不知究竟在問誰。

那個用浴巾抹擦頭髮的男人走去欄杆旁，大聲清了清喉嚨，引得所有人都望向他。「吃到沙子了，」他說著啐了一口，「沒那個小子吃得多……但也不少。」

穿制服的說：「很可能是喝醉了，獨自一人在雨中賣弄車技。醉鬼什麼事都幹得出來。」

「喝醉酒，見鬼吧，」便衣說，「手排擋放了一半，那傢伙腦袋一邊還挨了一記。要我說，就是謀殺。」

歐斯瞥向拿浴巾的那位，「你怎麼看，老弟？」

拿浴巾的傢伙一臉受寵若驚樣，他咧嘴一笑，「我看是自殺，老大。雖然跟我沒啥關係，不過既然你問我嘛，我覺得是自殺。頭一點，這傢伙在棧橋上留下了相當筆直的車痕，而且從頭到尾車胎印都很清楚。正如這位長官所說，這是雨停之後才發生的。再來，他對棧橋的那一衝凶狠俐落，不然不會撞穿出去，也許就會側翻了，還可能再翻上幾個跟頭。可見得他是加足了馬力，徑直向欄杆撞去的。這樣的速度放一半手排擋可做不到，可能是落水時手碰到了，腦袋也可能是掉下去時撞傷的。」

歐斯說：「好眼力，老弟。搜過他的身了？」他問那警官。警官看看我，又看看靠著舵手室的船員，「得了，省省吧。」歐斯說。

一個戴眼鏡、一臉倦容的小個子男人，拎著一只黑色提包從棧橋走下階梯。他在甲板上揀了個乾淨的位置，把袋子放下來，然後摘掉帽子，揉了揉頸背，凝望海面，彷彿不知自己身在何處，所為何來。

歐斯說：「你的顧客在這兒呢，醫生。昨夜從棧橋衝進海裡，大約九點到十點之間。我們所知就這麼多。」

小個子男人陰著臉檢查死者。他用手指撥撥死者頭部，端詳了一番太陽穴上的瘀痕，又用雙手捧著轉了幾下，再按了按死者的肋骨。他提起死者癱軟的手，盯著指甲研究，然後鬆開，看著它掉下去的樣子。之後他退後幾步，打開黑色提包，拿出一疊印好的屍檢報告表格，墊了張複寫紙填寫起來。

「死因顯然是頸椎折斷，」他邊說邊寫，「也就是說，他體內不會進太多水，現在暴露在空氣中，屍體很快就會變得僵硬。最好在這之前把他從車裡移出來，不然可就不好辦了。」

歐斯點點頭，「死了多久，醫生？」

「無法判斷。」

歐斯狠狠地瞪了他一眼，從嘴裡取出小雪茄，也朝它狠狠地瞪了一眼。「很榮幸認識您，醫生。法醫五分鐘還估不出死亡時間，我也是領教了。」

小個子男人苦笑了一下，把表格塞進提包，鉛筆夾回馬甲口袋，「如果他昨晚吃了晚餐，那我就能告訴你了……前提是我要知道他在什麼時間吃的。但五分鐘之內絕無可能。」

「那他頭上的瘀傷怎麼來的……摔的？」

小個子又瞧了瞧那瘀傷，「我認為不是，是用某種包起來的鈍物猛擊造成的。他活著時，已經有皮下出血。」

「皮革鐵棒，嗯？」

「很有可能。」

小個子法醫點點頭，提起甲板上的提包，踏上階梯走回棧橋。灰泥拱門外，一輛救護車正在倒車調整位置。歐斯瞧著我，說：「走吧，不值得跑這一趟，是吧？」

我們沿著棧橋往回走，上了歐斯的車。他轉動方向盤，開上一條三線道公路返城。公路被夜雨洗得乾乾淨淨，路邊黃白相間的矮沙丘綿延起伏，上面覆蓋著片片粉紅苔蘚。靠海那側，幾隻海鷗在空中盤旋翱翔，忽而俯衝向浪頭上的什麼東西。更遠些的海面上，一艘白色遊艇彷彿正懸在天邊。

歐斯朝我一揚下巴，說：「認得他嗎？」

「當然。史坦梧家的司機，我昨天去的時候，正好看到他在擦車，擦的就是那輛。」

「我沒有要強迫你，馬羅。你只要告訴我，你辦的差事跟他有沒有關聯？」

「完全沒有。我甚至連他的名字都不知道。」

「歐文．泰勒。我是怎麼曉得的？說來有趣。大約一年前，他曾經因為觸犯《曼恩法》[5]被我們關進大牢。好像是他帶著史坦梧家的迷人千金，小的那個，要逃去尤馬郡。姊姊追去把他們抓了回來，還把歐文送進了牢房。第二天，她又來找地方檢察官，請他拜託聯邦檢察官放人。她說那小子有意娶她妹妹，帶她走是打算結婚，只是她妹妹並沒看出來。她妹妹只想在酒吧痛飲幾杯，辦個派對狂歡一場。所以我們就放了那小子，至於他們是否還讓他回去工作，我們就管不著了。過了一陣子，我們從華盛頓得到一份關於他的指紋例行報告，指明他在印第安納州有過前科，六年前企圖搶劫，在郡監獄被關了六個月，就是迪林傑越獄的那所。我們把報告交到史坦梧府上，

5　曼恩法案，一九一〇年六月美國國會通過的一項法案，禁止州與州之間販運婦女。

可他們還是收留了他。你怎麼看？」

「這一家人都瘋癲古怪，」我說，「昨晚這檔事他們知道了嗎？」

「還沒。我現在得去告知一下。」

「別驚動那位老人，如果可能的話。」

「為什麼？」

「他的煩心事已經夠多了，而且他身體不好。」

「你的意思是雷根的事？」

我沉下臉，「我說過了，我對雷根一無所知，我並沒有在找雷根。就我所知，沒人在操心雷根。」

「噢。」歐斯應了一聲，然後望向大海，若有所思，險些把車子開出路面。之後的那段返城路，他幾乎一言不發。他在好萊塢大道靠近中國戲院附近放我下車，隨後掉頭向西駛往阿爾塔布雷亞彎道。我找了家餐館，在吧台解決了午餐，翻看了一份報紙，沒有發現任何關於蓋格的消息。

飯後，我沿著好萊塢大道往東走，打算再去蓋格的書店瞧上一眼。

10

那個瘦削黑眼珠的信貸珠寶商站在店鋪門口，還是昨天下午那個位置。我拐進蓋格店裡的時候，他又投來有默契的眼色。書店裡看上去也沒兩樣，角落小桌子上亮著同一盞檯燈，同一個灰金髮女郎穿著同一件黑色麂皮裙。她從桌後站起，臉上掛著同樣試探性的一抹笑容向我走來。

「是……」她話說到一半便戛然而止，銀色指甲在身側哆嗦了一下。她是在強作歡顏，那根本算不上笑了，簡直是一副齜牙咧嘴的怪相，只不過她自以為是笑容罷了。

「我又回來了，」我揚一揚手裡的香菸，尖起嗓子故作歡快地說，「蓋格先生今天在了吧？」

「我……恐怕不。不……他不在。我想想看……你是要……？」

我摘下墨鏡，用它輕輕敲著左腕內側。一個體重一百九十磅的傢伙，想要喬裝扮成娘娘腔，我已使出了渾身解數。

「上次說的那些初版書只是裝裝樣子，」我壓低聲音說：「我必須得謹慎行事。我這裡有他想要的東西，他想了很久的貨色。」

她用銀色指甲壓了壓那枚黑玉耳飾後的金髮，「噢，原來是個推銷員，」她說，「那麼……你明天再來吧。我想他明天會在。」

「別演戲了，」我說，「我也是幹這行的。」

她把眼睛瞇成一道縫，只露出一點淡薄的綠色亮光，像森林深處樹影掩映下的一汪池水。她的指尖磨蹭著掌心，盯著我，噓了一口氣。

「他病了嘛？我可以直接去他府上，」我用不耐煩的口氣說：「我可沒空一趟趟跑。」

「你……呃……你……呃，」她一時喉頭哽住。我以為她就要一頭栽倒了。只見她全身顫抖，整張臉垮下來，像婚禮上分食的餡餅酥皮一樣支離破碎。不過她竭力把五官緩緩併攏回去，像是憑藉純粹的意志力舉起千斤重物。笑容在她臉上重現，不過有幾處邊角扭曲變形。

「沒生病，」她喘了口氣，「沒病，他出城了。去他家……也是白跑一趟。你不能……明天……再來嗎？」

我張開嘴，剛要講話，突然瞥見隔板門露出一英呎的縫隙。那個穿緊身無袖短外衣的高個黝黑俊俏少年探頭出來，臉色蒼白，雙唇緊閉，眼神對到我後立馬把門關緊，可是我已經留意到他身後地板上擺著許多木箱，裡面墊了報紙，散亂地裝著一些書。一個穿著簇新連身工作服的男人在裡面忙著。顯然他們正打算轉移蓋格的部分庫存。

門關上以後，我重新戴好墨鏡，輕拍下帽緣示意，「那麼，就明天吧。我很想留張名片給你，但你知道幹我們這行的是怎麼回事。」

「是……是。我明白。」她又哆嗦了一陣，豔麗的嘴唇微微蠕動，倒抽了一口冷氣。我邁出書店，沿著好萊塢大道向西走到街角，然後向北繞到店鋪後面的巷子。一輛黑色小貨車車尾對著蓋格店鋪的後門停著，車廂兩側用鐵絲圍住，車身沒有任何標記。那個穿著新工作服的男人正要把一個箱子搬上卡車尾板。我繞回好萊塢大道，沿著蓋格店鋪的相鄰街區走，發現一輛停在消防栓旁邊的計程車。方向盤前坐著個一臉稚氣的年輕小伙子，正埋頭翻看一本驚悚雜誌。我把頭探進車窗，遞給他一張一元鈔票：「盯梢，幹不幹？」

他上下打量了我一番，「警察？」

「私家偵探。」

他咧嘴笑了，「正對我胃口，老兄。」他把雜誌塞進後視鏡上方，讓我坐進車裡。我們沿著街區繞了個圈，停在蓋格書店後巷對街的一個消防栓旁邊。

小貨車上約莫已經裝了一打木箱，工作服男子拉好鐵絲網，勾上車子尾板，坐到駕駛座上。

「跟住他。」我吩咐我的司機。

工作服男子猛踩油門，前後掃了一眼巷子，往另一個方向疾馳而去。他在巷口左拐，我們也照樣左拐。我瞥見貨車向東轉上了富蘭克林街，便吩咐司機跟緊些。但他沒有照做，也許是他力不從心。等我們駛上富蘭克林街時，貨車已經甩開我們有兩個街區。我們跟著他上了藤街，然後穿過藤街一路奔到西部大道。在這之後，我們就只瞄到他兩次，大道上車流不息，小伙子又跟得太遠。我正毫不客氣地向他抱怨時，瞥見已遠在前面的貨車又突然再次北轉。他轉進去的那條街叫做布列塔尼街，等我們開上那條街時，卡車已經蹤跡全無。

小伙子隔著駕駛座擋板安慰我，我們以四哩的時速緩緩爬上山，沿途在灌木叢後尋找貨車的蹤影。往上開了兩個街區後，布列塔尼街向東邊彎出，與蘭德爾街交匯，形成一塊三角地。那裡有一棟白色公寓，前門在蘭德爾街上，地下停車場入口則對著布列塔尼街。我們開車經過時，小伙子告訴我貨車不可能離得太遠，我則趁機探頭朝停車場的拱形入口瞧了一眼，剛好看見貨車停在昏暗的角落裡，車尾板又打開了。

我們兜到公寓建築的前門，我在那裡下了車。大廳空無一人，總機電話也找不到，只有一張木製桌子抵著牆邊擺著，旁邊是一排閃著亮光的鍍金信箱。我瀏覽著上面的名字。一個叫約瑟夫·波第的人住在四〇五號。另外有個裘[6]·波第，史坦梧將軍曾付給他五千元，讓他跟卡門斷絕往來，去找別的女孩廝混。很可能是同一個裘·波第。我敢打賭就是這麼回事。

我沿著牆壁轉彎走到鋪著磁磚的樓梯腳下，那裡緊挨著電梯豎道。電梯頂部和地板平行，豎道旁邊有一扇門，上面標識著「車庫」兩個字。我打開那扇門，順著狹窄的階梯走到地下室。電梯的門被頂住，工作服男子正氣喘吁吁地忙著把沉重的箱子搬進去。我站到他旁邊，點了一根菸，斜眼旁觀。他不喜歡我這麼看著他。

過了半晌，我開口說道：「當心超重，老兄，這電梯可只能承載半噸。這些貨要送到哪一家？」

「波第，四〇五號，」他嘟囔道，「你是管理員？」

「是啊，看來有不少好貨啊。」

他瞪我一眼，眼圈發白，「書，」他沒好氣地說，「一箱少說也有一百磅，七十五磅就夠我受的了。」

6 裘（Joe）為約瑟夫（Joseph）的暱稱。

「好吧，當心別超重。」我說。

電梯裡堆著六個箱子，他走進去，關上電梯門。我步上階梯回到大廳，走到街上，計程車把我送回位於市中心的辦公大樓。我付了小伙子超額車資，換回他一張皺巴巴的名片。我破天荒地沒把它直接丟進電梯口旁盛滿細沙的錫釉陶罐裡。

我的辦公室設在七樓盡頭，有一間半大，那個半間是由一間辦公室隔成兩半當作接待室。我的半間接待室門上除了我的名字之外，沒有任何標識，而且也只有在這扇門上才能找到我的名字。接待室的門我從來不鎖，以防萬一有顧客上門，又有意願坐著等我回來的話。

果然，有一個顧客在等我。

11

她身穿棕褐色帶斑點的斜紋軟呢套裝，男式襯衫和領帶，腳上是手工硬底便鞋。她的長絲襪和前一天一樣纖薄透亮，但沒露出那麼多美腿。一頭秀髮在帽緣反摺的褐色羅賓漢帽下烏黑閃亮，那頂帽子可能足足價值五十美元，不過看起來就像誰都可以隨手拿張吸墨紙單手摺出來似的。

「喲，你也有起床的時候。」她說著，朝我房間的擺設皺了皺鼻子。有一張褪色的靠背紅長椅，兩張不成對的小安樂椅，一團亟需清洗的紗窗簾和一張兒童書桌，書桌上還擺著幾本經典的權威雜誌以增添辦公室的專業氣氛。「我都要以為你大概是在床上工作的了，就像馬塞爾・普魯斯特一樣。」

「他是誰？」我往嘴裡叼了一根菸，注視著她。她面容蒼白，神情緊張，不過看起來是那種在壓力下可以正常表現的女孩。

「一位法國作家，頹廢派大師。你肯定沒聽過他。」

「嘖，嘖，」我說，「那就請進入敝人的閨房吧。」

她站起身，說：「昨天我們相處得不太融洽，也許是我無禮了。」

「你我都挺無禮的。」說著，我打開辦公室裡間的門鎖，替她撐著門。我們跨進辦公室套房的會客室，地上鋪著鐵鏽紅地毯，年代有些久遠；五個綠色檔案櫃，其中三個填滿了加州的風土氣候；一張印著加拿大狄翁五胞胎姊妹的月曆廣告，她們穿著粉紅色裙子在天藍色地毯上翻滾，深褐色秀髮，機靈的黑眼珠大得好像巨型梅子。還有三張仿胡桃木椅子，一張再尋常不過的辦公桌，上面擺著再尋常不過的吸墨紙、筆插、菸灰缸和電話，辦公桌後面是一張再尋常不過、轉起來會嘎吱作響的旋轉椅。

「你不怎麼講究門面。」她說著，在辦公桌的顧客那側坐下來。

我走去郵箱，取出六個信封，兩封信函，四封廣告之類的。我把帽子搭在電話機上，然後坐到旋轉椅上。

「平克頓偵探社[7]也不講究門面，」我說，「幹這一行，如果你誠實的話，可賺不到什麼錢。如果你裝點起門面，那就表示你賺了大錢……或者說指望賺大錢。」

「噢……那你誠實嗎？」她問道，一邊打開皮包，從一個法國製琺瑯盒裡取出一根菸，掏出袖珍打火機點燃，再將琺瑯盒和打火機丟回皮包，任由皮包口敞著。

「誠實得很痛苦。」

「那你是怎麼幹起這個不體面的行業的？」

「你又是怎麼嫁給一個私酒販子的？」

「我的天，我倆不要再唇槍舌戰啦。我整個早上都在打電話找你，打來這裡，也打去你的公寓。」

「為歐文的事嗎？」

她臉色驟變，肌肉瞬時緊繃起來，聲音卻是柔和的。「可憐的歐文，」她說，「所以你知道了。」

「一位地方檢察官的下屬帶我去了趟利都，他覺得我或許知道些內情，但事實上他知道的比我還多。比如歐文想要和你妹妹結婚……曾經想過。」

她沉默不語，一口口吐著煙圈，黑色眼眸篤定地端詳著我。「說不定不算是個壞提議，」她平靜地說，「他愛她。這東西在我們這個圈子裡不常見。」

「他有前科。」

她聳聳肩，毫不在意地說，「他交友不慎。在這個遍地犯罪的墮落國度，前科只不過意味著交友不慎。」

「我可沒想追這麼深。」

她除下右手手套，咬著食指指端，目不轉睛地盯著我。「我找你並非為了歐文。你覺得你現在能否告訴我，我爸找你究竟所為何事嗎？」

「除非得到他的許可。」

「跟卡門有關？」

「這也無可奉告。」我把菸斗填滿，劃了一根火柴湊上去。她望著煙霧出神了好一陣，然後把手探進敞開的皮包，掏出一個厚實的白色信封，從辦公桌那邊扔到我面

7 平克頓偵探社，美國第一家私人偵探機構，創辦於一八五〇年。

前。

「不管怎樣，你還是看看這個吧。」她說。

我拿起信封。地址是打字機打的，寄給薇安・雷根太太，西好萊塢市阿爾塔布雷亞彎道三七六五號。信由特別快遞送達，郵戳顯示寄出時間是早晨八點三十五分。我打開信封，抽出一張長四吋半，寬二吋半的照片，除此之外別無它物。

那是卡門，坐在蓋格家低矮平台上那張柚木高背扶手椅上，掛著耳墜，還有她從娘胎帶來的那身裸體新衣。她的眼神甚至比我記憶中的還要瘋魔。照片背面則是一片空白。我把它裝回信封。

「他們開價多少？」我問。

「五千元……包括底片和已沖洗的所有照片。這筆交易今晚必須了結，否則他們就會塞給那些好登八卦醜聞的報章雜誌。」

「通過什麼途徑通知你的？」

「有個女人打電話給我，差不多在這東西送來半小時之後。」

「八卦小報之類不必擔心，如今陪審團連退席討論都不用就可以定罪了。還有什麼？」

「一定還得有別的什麼嗎？」

「沒錯。」

她盯著我看，略帶困惑。「確實有。那女人說照片牽涉到一件刑案，我最好快點照他們的吩咐做，否則以後就只能隔著鐵窗和我妹講話了。」

「這話比較有用，」我說，「什麼樣的案子？」

「我不知道。」

「卡門現在哪裡？」

「在家。她昨晚病了，現在應該還在躺著，我猜。」

「她昨晚出過門嗎？」

「沒有。我不在家，不過傭人們說她沒出去。我去了拉斯歐林達，在艾迪・馬仕的絲柏枝俱樂部玩輪盤賭，連襯衫都輸掉了。」

「所以你喜歡玩輪盤賭。這不意外。」

她翹起腿，又點了根菸，「沒錯，我喜歡玩輪盤賭。史坦梧家的所有人都喜歡玩會輸掉的遊戲，像是輪盤賭，或是嫁給會跑路的男人，或是五十八歲年紀還去玩越野障礙賽馬，結果被躍起的馬踩傷，落個終身殘廢。史坦梧家的人有錢，但買到的永遠只是張目前難以兌現的購物券。」

「昨晚歐文開你的車幹什麼去了？」

「誰知道。他未經允許就把車開走了。我們通常准許他在休息日晚上開車出門，但昨晚並沒輪到他休假。」她嘴巴一撇，「你覺得……？」

「覺得他知道這張裸照嗎？我怎麼曉得？我只是不排除他的嫌疑。你能立刻搞到五千美元現金嗎？」

「沒辦法，除非跟我爸坦白……或者找人去借。我大概可以向艾迪．馬仕開口。他應該會對我慷慨解囊，天曉得。」

「不妨一試。你可能要盡快弄到手。」

她身子往後一靠，一隻手臂懸在椅背上，「要是報警呢？」

「倒是個好主意，不過你不會這麼幹。」

「不會嗎？」

「不會。你必須保護你父親和妹妹，你不知道警察會挖出什麼來，搞不好有些他們無法坐視不理的事，雖然他們對勒索案通常睜一隻眼閉一隻眼。」

「你能幫忙嗎？」

「我想可以，不過我不能透露我做事的理由和方式。」

「我喜歡你，」她突兀地說，「你相信奇蹟。辦公室裡有喝的嗎？」

我打開上鎖的深抽屜，拿出存放在辦公室的藏酒和兩只小酒杯。我將酒杯斟滿，兩人相對而飲。她啪地闔上皮包，把椅子往後一推。

「我會弄到五千塊的，」她說，「我向來是艾迪．馬仕的好主顧。此外還有一個他應會善待我的原因，你也許不知情。」她朝我一笑，但笑意還沒浮上眉梢，就已消失在嘴角，「跟拉斯帝一起跑掉的女人就是艾迪的金髮老婆。」

我一言不發。她目光鎖住我，追問道：「這沒勾起你的興趣？」

「這樣的話，找他就會容易些……假使我確實在找他的話。你並不認為他跟眼下這檔子事有什麼關係，是吧？」

她把空杯推向我，「再給我一杯。你簡直是我見過口風最緊的人，連耳邊風都吹不到。」

我把小酒杯斟滿，「你已經從我這打聽到所有想知道的了……你現在應該很清楚，我沒在找你丈夫。」

她一飲而盡，大吸了一口氣……或者說使她有機會大吸一口氣，接著緩緩呼出來。

「拉斯帝不是騙徒，就算是，也絕不是為這一點小錢。他懷揣著一萬五千元，現鈔，他稱之為應急資金。跟我結婚時他就帶在身上，離我而去時他也帶在身上。不……拉斯帝不會攬和勒索這種低賤勾當的。」

她伸手拿過信封，站起身來。「我會和你保持聯絡，」我說，「如果你有口信給我，公寓大樓的總機小姐會轉達。」

我們朝門口走去，她用白色信封輕敲著指關節說：「你還是不能告訴我，我爸要你……」

「我必須要先請示他。」

她在門前停住腳步，抽出照片看著，「她有個嬌小漂亮的身體，對吧？」

「嗯哼。」

她稍微向我靠過來，「你應該看看我的。」她一本正經地說。

「可以安排一下嗎？」

她突然縱聲狂笑，半個身子跨出門，隨後回過頭來冷冷地說：「你是我見過最冷血的禽獸，馬羅。或者，我可以稱呼你菲力普？」

「當然。」

「你可以叫我薇安。」

「謝謝你，雷根太太。」

「噢，去死吧，馬羅。」她轉身離開，沒再回頭。

我任由門關上，手還扶著門，站在原地盯著那隻手看了半晌。我感覺臉有些發燙。我走回辦公桌前，收好威士忌，洗淨兩只小酒杯，也把它們擺回去。

我拿起搭在電話機上的帽子，撥通地方檢察官辦公室的電話，找勃尼·歐斯。

他已經回到他的小籠子裡。「嗯，我沒有驚擾老頭子，」他說，「管家說他或兩姊妹其中一人會知會他。這個歐文·泰勒住在車庫樓上，我搜查了他的物品。他父母住在愛荷華州的迪比克，我給那邊的警長發了電報，請他了解一下對方父母打算怎麼辦後事。費用的話，史坦梧家會負擔。」

「自殺？」我問。

「不好說。他沒寫遺書，沒准假就開車出去。昨晚除了雷根太太，所有人都在家。她去了拉斯歐林達，和一個叫賴利·考伯的花花公子在一起。核查過了，我認識在那裡賭台做事的一個男孩。」

「那種奢靡的豪賭你應該查禁一些。」我說。

「在咱們這個黑幫集團橫行的國家？成熟一點，馬羅。那小子頭上棒擊的瘀傷讓我一直傷腦筋，你確定幫不了我？」

我喜歡他這種說話方式，讓我可以說不，又不必感覺說謊。我們互道再見之後，我離開辦公室，買齊了三份晚報，再搭計程車到司法局停車場取回我的車。三份報紙都沒提及蓋格。我又看了看他那本藍色記事簿，上面的暗碼還是和前一天晚上一樣頑固不化。

12

大雨過後，拉維恩坡道較高一側的樹木在雨後綻出一片油亮亮的新綠。涼爽的午後陽光下，我能清楚看到陡峭的山坡，還有兇手開了三槍之後摸黑逃逸的那段木階梯。階梯下方的對面有兩棟面朝街的小房子，裡面的人可能聽到了槍聲，也可能沒聽到。

蓋格的房子前面和這一整個街區，都毫無動靜。方形樹籬油綠靜謐，屋頂上的瓦片還濕潤鮮亮。我緩緩駛過，始終思忖著一個念頭。昨晚我沒去車庫查看。蓋格屍體不翼而飛的當下，我並沒打算去找，因為那樣可能會亂了我的陣腳。不過，把他拖到車庫，丟進他自己的車裡，然後開去洛杉磯周遭數以百計的荒僻峽谷其中之一，委實是個處理屍體的妙招，要找到他至少也得耗上十天半個月。這意味著要具備兩個前提：一把蓋格的車鑰匙，以及兩名同夥。如此便可極度縮小偵查範圍，特別是事發時，他那串私人鑰匙已經裝在我的口袋裡。

我沒有機會檢查車庫，幾扇門都用掛鎖拴得牢牢的。當我靠近時，發現樹籬後有動靜。一個女人從那迷宮中走出來，身穿綠白方格外套，柔軟的金髮上扣著一頂小鈕釦帽。她怒目圓睜，瞪著我的車，好像根本沒聽到車子開上坡來似的。然後她迅速轉身，閃進樹籬。是卡門・史坦梧，毫無疑問。

我又往上開了一段，停好車步行回來。光天化日之下，這樣做似乎過於招搖冒險。我鑽進樹籬，只見她正直挺挺地倚著緊鎖的房門，一聲也不吭。她將一隻手慢慢抬到嘴邊，啃咬著那根怪拇指，眼睛下的黑眼圈一片烏紫，臉色因緊張而蒼白。

她勉強擠出一點笑意。「哈囉，」她的聲音細弱，略帶顫抖，「什……什麼……？」聲音愈來愈小，然後繼續啃起拇指來。

「記得我嗎？」我說，「狗舍・瑞利，那個長得過高的男人。有印象？」

她點點頭，一抹笑容抽搐著掠過臉上。

「我們進去吧，」我說，「我有鑰匙。厲害吧，嗯？」

「什……什……？」

我把她推到一邊，把鑰匙插進鎖孔打開門，再推她進屋。我把門關好，站在那裡嗅了嗅。這個鬼地方在日光之下簡直是糟糕透頂。掛在牆上的中國破爛貨、地毯、花稍的檯燈、柚木製品、髒兮兮的混雜顏色、圖騰柱、摻著乙醚和鴉片的大肚酒瓶……

白晝裡的這一切都透著一股見光死的下流污穢，簡直像是男同性戀派對。

女孩和我站在原地面面相覷。她力圖在臉上掛出一絲可愛的微笑，但肌肉非常疲憊，完全不聽使喚。她表情茫然，笑容轉瞬即逝，猶如流水游過細沙了無痕跡。在她錯愕而呆滯的空洞眼神之下，皮膚更顯得蒼白且粗糙。沒有血色的舌頭舔著嘴角。一個嬌寵又不太聰明的漂亮女孩，誤入歧途，卻沒人來拉她一把。讓豪門富戶見鬼去吧。他們令我噁心。我捻捻指間的香菸，掃開幾本礙事的書，在黑色書桌的一角坐下。我點燃菸，吐出一縷煙圈，默默地看了好一陣牙齒咬拇指的把戲。卡門站在我面前，活像是在校長辦公室裡被訓話的女學生。

「你來這裡做什麼？」我終於開口問她。

她只是揪著衣角，默不作聲。

「昨晚的事，你記得多少？」

這下她回答了……目光深處閃出一絲狡譎，「記得什麼？我昨晚生病了，待在家裡。」她惴惴不安地嘟囔著，聲音微弱到近乎耳語。

「見鬼了你在家裡。」

她的眼珠極快地上下轉了轉。

「在你回家之前，」我說，「在我送你回家之前。就在這裡，那張椅子上，」我指向那張扶手椅……「坐在那塊橘紅色的披肩上。你分明記得很清楚。」

一片紅暈漸漸從她的頸部泛上來。這倒稀罕，她居然會臉紅。她滯澀的灰色虹膜下閃出一抹白亮。她使勁地咬著拇指。

「你……就是那個人？」她低聲說。

「是我。你還記得多少？」

她口齒含混地問：「你是警察？」

「不是，我是你父親的朋友。」

「你不是警察？」

「不是。」

她輕噓了一口氣，「你……你想幹什麼？」

「誰殺了他？」

她的肩膀抽動了一下，不過神色絲毫沒變：「還有誰……知道？」

「蓋格的事？我不曉得。起碼警察還不知道，否則他們就會在這裡安營駐紮了。或許裘．波第知道。」

我只是憑空猜測，但正刺中要害，她驚叫一聲：「裘．波第！他！」

之後，我們都陷入沉默。我繼續抽我的菸，她繼續咬她的大拇指。

「看在老天的分上，別自作聰明，」我催促她，「現在需要一點老派的直截了當。是波第殺了他嗎？」

「殺了誰？」

「噢，天哪。」我說。

她一臉委屈，頭微微垂下。「是的，」她鄭重其事地說，「是波第幹的。」

「為什麼？」

「我不知道。」她搖搖頭，似乎想說服自己確實一無所知。

「最近常見到他？」

她雙手垂下，手指用力絞扭在一起，指節泛白，「只見過一兩次。我恨他。」

「那麼你知道他住的地方。」

「是的。」

「你不再喜歡他了？」

「我恨他！」

「所以你很高興他惹上這件事？」

又是片刻茫然。我把她逼得太緊了，但要跟她的思路維持一致實在很難。「你願意告訴警方，兇手是裘．波第嗎？」我試探著問她。

突如其來的驚慌燙紅了她整張臉。「當然，如果我不讓裸照的事抖出來的話。」我補充了一句安慰她。

她咯咯笑了起來。這讓我心生厭惡。如果她驚聲尖叫、嚎啕大哭甚至一頭栽倒昏厥在地，我都可以接受。可她只是咯咯傻笑。突然間，這變成很有趣的事情了。她像愛希斯女神一樣被人拍照，不知是誰偷走底片，也不知是誰當著她的面幹掉蓋格，而她喝得爛醉，活像在軍團大會上一般，這一切突然成了樂不可支的趣味，令她咯咯笑起來。非常可愛。咯咯的笑聲愈來愈響，迴盪在房間的各個角落，像老鼠在壁板後面亂竄。她變得有點歇斯底里。我滑下書桌，跨步到她面前，往她臉上啪地摑了一掌。

「同昨晚一樣，」我說，「我倆在一起插科打諢。萊利和史坦梧，兩個丑角尋找一位正牌喜劇演員。」

咯咯聲戛然而止，不過和昨晚一樣，她完全不在乎我摑她的那一記。很可能她的男朋友們或早或遲都這麼幹過。我完全可以理解。我又坐回黑色書桌的桌角上。

「你的名字不是萊利，」她一本正經地說，「你叫菲力普．馬羅。你是一個私家偵探。薇安告訴我的，她給我看了你的名片。」她揉著剛被我打過的臉頰，對我微笑，好像很樂意和我在一起。

「很好，你倒是記得。」我說，「你回來是為了找照片，卻進不了大門。對不對？」

她垂下頭，又抬起。她拋出嫣然一笑，我彷彿醉入了她的流轉秋波，即將被她勾牢，再下一秒就要歡愉地大呼一聲，央求她和我共赴尤馬[8]。

「照片被人拿走了，」我說，「昨晚送你回家前我找過了，可能被波第帶走了。波第的事，你沒跟我開玩笑吧？」

她認真地搖搖頭。

「事情很簡單，」我說，「你不用再多費心思。別告訴任何人你來過這裡，無論昨晚還是今天，連薇安也不要說。徹底忘掉你來過，其餘的交給萊利處理。」

「你的名字不是……」她剛開口就立刻停下，奮力地搖搖頭，或許是贊同我剛才的主意，又或許是贊同自己心中才冒出的什麼新念頭。她的眼睛幾乎瞇成一條黑線，薄得像小餐館托盤上的瓷釉一般。「我現在得回家了。」她說，彷彿我們剛才只是一起喝了杯茶。

「請吧。」

我並沒動。她又遞我一眼盈盈秋波，然後朝大門走去。她的手才觸到門把，我們就聽到外面有汽車駛近的聲音。她望向我，面露疑惑。我聳聳肩。車子開到房子的正前方，停了下來。恐懼扭曲了她的面容。門外傳來一陣腳步聲，緊接著門鈴響了。卡門扭頭看我，手抓緊門把，驚懼萬分。門鈴響個不停，之後突然沒聲音了。一把鑰匙插進鎖眼裡轉動，卡門觸電般猛地彈開，僵立在旁。門砰一聲打開，一個男人健步走進來，旋即站定，他注視著我倆，一語不發，神色一派鎮定自若。

13

來者是個灰色男子，除了擦得鋥亮的黑皮鞋和灰絲綢領帶上兩塊看似輪盤賭台上的猩紅色菱形之外，從頭到腳一身灰。他穿著灰襯衫，外套質地柔軟、剪裁精良的法蘭絨雙排釦西裝。見到卡門，他除下灰帽，露出灰色頭髮，髮絲柔順整齊得好像用細網篩過。他濃密的灰色眉毛透著一股說不出的放蕩不羈。長下巴、鷹勾鼻、一雙深邃的灰眼睛，因為上眼皮垂在眼角，一副總在斜睨的樣子。

他彬彬有禮地站在那裡，一手頂著身後的門，一手拿著灰帽子輕拍大腿。他看起來冷酷嚴峻，但不是硬漢的那種強悍，更像是一位久經風霜的騎師。不過他不是騎

8 美國亞利桑那州的一個城市，亞熱帶沙漠氣候，是美國全年日照時間最長的城市之一，也稱為陽光之城。

師，他是艾迪．馬仕。

他推上身後的門，把手插進西裝口袋，大拇指留在外面，指甲在頗為昏暗的房間裡微微泛光。他對卡門微笑，笑容隨和親切。她舔舔嘴唇，瞪圓雙眼，恐懼從臉上褪去，她也報以微笑。

「原諒我貿然闖進來，」他說，「門鈴似乎叫不來人應門。蓋格先生在嗎？」

我說：「不在。我們也不知道他去哪裡了。看到門開著一道縫，我們就自己進來了。」

他點點頭，用帽緣蹭了蹭長下巴，「你們肯定是他的朋友了？」

「只是生意上的相識。我們順道來拿一本書。」

「一本書，嗯？」他明快響亮地回應，在我看來，還帶著點心照不宣，好像他對蓋格那些書知道得一清二楚。他又瞧了卡門一眼，然後聳聳肩。

我走向大門。「我們這就走了。」我說著，拽住她的手臂，她仍直勾勾地盯著艾迪．馬仕，很明顯，她喜歡他。

「要留話嗎……如果蓋格回來的話？」艾迪．馬仕客氣地問。

「不勞煩您了。」

「那可真糟糕，」他的話別有深意。他眨眨灰眼睛，當我經過他身邊去開門時，他的眼神突然凌厲了起來。他用漫不經心的口氣補上一句：「這個女孩可以走。但我想要跟你稍微聊幾句，小兵。」

我鬆開她的手臂，面無表情地盯住他。「要花招，嗯？」他客氣地說，「別白費氣力。我有兩個小弟在外面車上坐著，隨時待命。」

卡門在我身邊發出一聲響，突然奪門而出，朝山下奔去，腳步聲旋即消失不見。我之前並沒見到她的車，料想是停在坡底。我這才開口道：「你到底……！」

「噢，省省吧，」艾迪．馬仕嘆了口氣，「這裡有些事不太對勁，我要搞清楚究竟怎麼回事。如果你的肚子想要嚐嚐子彈的滋味，儘管放馬過來吧。」

「嗬，嗬，」我說，「碰上狠角色了。」

「只有在必要的時候，小兵。」他沒再看我了。他在房間四處走動，眉頭緊鎖，只當我不存在。我透過前窗殘碎的玻璃望出去，樹籬頂端露出一層車頂，引擎在空轉。

艾迪．馬仕在書桌上尋獲了那支紫色大肚酒瓶和那對鑲金紋玻璃杯。他聞了聞其中一只小玻璃杯，又嗅了嗅大酒瓶，嫌惡地撇了撇嘴。「下賤的皮條客。」他毫無陰陽頓挫地說道。

他瀏覽了幾本書，哼了幾聲，繞過書桌，站在那根嵌有照相機鏡頭的小型圖騰柱前。他仔細端詳著圖騰柱，之後目光落在前方的地板上。他把那塊小地毯踢到一旁，敏捷地彎下腰，身體緊繃著。他跪下一只灰膝蓋，書桌擋住了他的部分身體。我突然聽到一聲驚呼，他再次現身，手臂迅疾在西裝底下一閃，一把黑色魯格手槍已出現在他手上。他修長的棕色手指握著槍，既沒瞄向我，也沒瞄向任何東西。

「血跡，」他說，「那處地板有血跡，在地毯下面。一大灘血。」

「是嗎？」我說，擺出一副頗感興趣的樣子。

他哧溜一下坐進書桌後面的椅子，把那部桑椹色電話攬到面前，手槍換到左手。他蹙眉盯著電話，兩條灰色的濃眉絞在一起，鷹勾鼻梁上粗礪的皮膚擠出一道深溝。「我認為我們應該報警。」他說。

我走上前，朝遮住蓋格曾經陳屍之處的地毯踢了一腳。「這不是新鮮血跡，」我說，「早已經乾了。」

「毫無影響，我們還是得報警。」

「有何不可？」我說。

他瞇起眼睛。偽裝已經卸去，他現在只是一個衣冠楚楚的惡棍，手裡還握著一把魯格手槍。我的附和讓他很不高興。

「你究竟是什麼來路，小兵？」

「敝姓馬羅，一名私家偵探。」

「從沒聽過。剛那個女孩呢？」

「顧客。蓋格想要給她下套，訛她一筆。我們來找他談談，但他人不在，門卻開著，我們便進來等他。我剛才告訴過你了吧？」

「真是巧，」他說，「你們沒有鑰匙，門卻正好開著。」

「沒錯。你怎麼會有鑰匙？」

「關你什麼事，小兵？」

「我可以讓它變成我的事。」

他勉強笑笑，把帽子戴回灰頭髮上，「那我也可以把你的事變成我的事。」

「你不會喜歡的，報酬委實微不足道。」

「好吧，算你聰明。這棟房子是我的，蓋格是我的房客。現在你怎麼看？」

「你還會結交如此體面人士。」

「租房子，三教九流，我來者不拒。」他低頭瞅了一眼魯格槍，聳聳肩，把它掖回腋下，「有何高見嗎，小兵？」

「想法很多。可能有人槍殺了蓋格。可能蓋格槍殺了某人後逃之夭夭。又可能殺與被殺的都是其他人。也可能蓋格搞了個邪教，在圖騰柱前進行血祭。要麼也可能他喜歡在自己的客廳殺隻雞來烹煮晚餐。」
灰色男人滿面怒容。
「我不猜了，」我說：「還是給你城裡的朋友撥電話吧。」
「我不明白，」他吼道，「你到底在搞什麼名堂。」
「請便吧，去叫條子來。你肯定會有熱鬧好看。」
他一動也不動，思索了半晌，抿緊嘴唇。「這話我也聽不懂。」他繃著臉說。
「也許你今天只是運氣不佳。我知道你，馬仕先生。你在拉斯歐林達經營絲柏枝俱樂部，為奢華人士而設的奢靡賭場。當地警察都在你的股掌之間，洛杉磯的人脈也早就買通。換言之，你有靠山。蓋格的生意也得有靠山，考慮到他是你的房客，說不定你也會不時幫他一把。」
他嘴唇扭曲，因為用力而發白，「蓋格幹的是什麼生意？」
「兜售淫穢書籍的生意。」
他瞪著我，足足有一分鐘。「有人找他麻煩，」他低聲說，「想必你有所耳聞。他今天沒去店裡，他們不清楚他在哪裡。打電話到這裡也沒人接，我上來看看是怎麼回事，結果發現地毯下面的地板有血跡，而你和那個女孩又正好在這裡。」
「略顯牽強，」我說：「但或許你還是可以為這故事找到買家，願者上鉤。不過，你漏掉了一段小插曲，今天有人把他那些書從店裡運走了……他出租的那些好貨色。」

他啪地一聲彈了下指頭，說：「我本該想到這點的，小兵。你似乎有點能耐。那你覺得是怎麼回事？」

「我認為蓋格被幹掉了，那是他的血跡。暫時藏匿屍體是為了爭取時間把書轉移，有人要接手他的生意，需要一點時間來安排。」

「他們逃不掉的。」艾迪．馬仕陰著臉說。

「誰能這麼肯定？憑你和你車上的兩個槍手？如今這裡是個大城市了，艾迪。最近又來了些勢力龐大的狠角色，城市發展的代價。」

「你他媽的廢話太多，」艾迪．馬仕說。他齜著牙急促地吹了兩聲口哨。外面一扇車門砰地關上，樹籬間響起奔跑的腳步聲。馬仕再次亮出魯格槍，指著我的胸膛，「把門打開。」

門把咔咔作響，外面傳來一聲大吼。我沒動。魯格槍的槍口看起來如同第二街隧道的洞口，但我依然沒動。我並不是金剛防彈之身，我得漸漸習慣這點。

「自己去開，艾迪。你有什麼資格對我下命令？說話客氣點，說不定我還能幫你一把。」

他僵硬地站起身，繞過桌子一端，挪步到門口。他打開門，視線始終沒離開我。兩名男子跌跌撞撞地摔進房間，慌手慌腳地往腋下亂摸。一個顯然是打手，相貌英俊、面色蒼白、歪鼻梁，有隻耳朵活像塊紐約客牛排。另一個身型瘦長、金髮、面無表情，兩隻眼睛擠在一處，白慘慘地毫無神采。

艾迪．馬仕說：「搜搜這傢伙身上有沒有帶槍。」

金髮唰地亮出一把短筒槍，槍口對著我站定。大塊頭則笨拙地挨過來，小心翼翼地摸索我的口袋。我向他轉過身子，活像個無精打采的模特兒在懶洋洋地展示晚禮服。

「沒槍。」他粗著嗓子說。

「看看他是什麼人。」

大塊頭一隻手伸進我胸前口袋，抽出我的皮夾。他掀開來，翻看裡面的東西。

「名叫菲力普．馬羅，艾迪。住在富蘭克林大道上的赫伯阿姆斯大樓。私家偵探執照，警長盾徽，就這麼多。原來是個探子。」他把皮夾塞回我的口袋，揚手拍拍我的臉，然後轉身走開。

「滾吧。」艾迪．馬仕說。

兩名槍手又走出屋子，關上門。外面傳來他們回到車裡的聲響。他們啟動引擎，繼續讓它空轉。

「好吧。說話，」艾迪．馬仕厲聲道。他眉尖聳起，在額頭上擰出兩個銳角。

「我還沒打算要和盤托出。為了搶他的生意而幹掉蓋格，這招實在是愚蠢透頂，假設他已經被殺了，我不能確定動機是否如此。不過我敢確定，得到書的人一定了解內情，而且我也確定他店裡那位金髮女郎被什麼事情嚇得半死。至於誰拿走了那些書，我大概猜得出。」

「誰？」

「這就是我還不想托出的部分。你曉得，我受人所雇。」

他皺皺鼻子，「那個……」他立刻煞住話頭。

「我以為你知道那女孩是誰。」我說。

「那些書到誰手裡了，小兵？」

「無可奉告，艾迪。我為什麼要告訴你？」

他把魯格槍丟到桌上，用手掌重重地拍了幾拍，「就憑這個，」他說，「還有，或許我是不會讓你白費力氣的。」

「這話比較帶勁。把槍放到一邊去。錢的聲音我通常聽得很清楚。你準備出多少價碼？」

「為了什麼？」

「你剛剛要問什麼？」

他朝書桌惡狠狠地猛擊一掌。「聽好了，小兵。我問你一個問題，你就問我另一個，我們可就沒完沒了了。我要知道蓋格在哪裡，我有私人的理由。我不喜歡他幹的生意，我也不是他的靠山，只是恰巧擁有這棟房產。我現在也沒那麼迫切想要找到他了。我相信你所知的一切別人也都會看出，否則早就有一票子條子的皮鞋在這個垃圾窩裡踩得嘎吱作響了。你沒有任何可賣的東西，我猜你自己也需要找座靠山。所以，招供吧。」

他猜得不錯，不過我不打算讓他知道。我點了根菸，吹熄火柴，朝圖騰柱的玻璃眼睛彈過去。「的確如此，」我說：「如果蓋格出了什麼事，我就得把所知道的告訴警方，事情公諸於世，我就沒有任何待價而沽的籌碼了。所以如蒙允許，容我告辭了。」

他褐色的臉瞬時變得煞白，面目一時變得凶狠、粗野又冷酷。他作勢要去抓槍。我雲淡風輕地補上一句：「說起來，馬仕太太近來可好？」

一度我也自覺玩得有點過頭了。他猛地撈起槍，手顫抖不已。僵硬緊繃的肌肉把臉拉得老長。「滾吧，」他相當柔和地說：「我才不管你要去哪裡，或者去了之後有何打算。但聽我一聲忠告，小兵，別把我扯進你的案子裡，否則你會希望自己名叫墨菲，生在利麥立克[9]。」

「啊，那地方倒是離克朗梅爾不遠。」我說，「聽說你有個老夥計就是從那裡來的。」

他俯在書桌上，雙目呆滯，一動也不動。我走去門口，打開門，回頭望他。他的目光緊跟著我，但瘦長的灰色身體文風不動。他的眼神透著恨意。我跨出房門，穿過樹籬，逕自上坡來到我的車子旁，鑽了進去。我掉轉車頭，翻過山頂。沒有人朝我開槍。駛過幾個街區後，我停車熄了火，坐了好一陣。也沒有人跟蹤我。於是我開車返回好萊塢。

14

差十分五點，我把車子停靠在藍道路公寓的正門入口處。幾扇窗戶已經亮出燈

9 愛爾蘭西部的一座小城。

光，收音機在暮色中咿咿呀呀地響著。我搭電梯上到四樓，順著一條鋪著綠色地毯，鑲著象牙白牆板的寬敞長廊走過去。通往火災逃生口的紗門打開著，涼風習習。

註明「四〇五」號的房門旁有顆小小的象牙白按鈕。我按了一下，等了似乎相當長的一段時間。然後門無聲無息地開了約一呎，透著一股從容而鬼祟的氣息。開門的男人長腿、長腰、聳肩，一雙深褐色眼睛嵌在毫無表情的褐色臉孔上，似乎早已深諳該如何掌控情感。頭髮如鬈曲鋼絲，髮際線很高，露出一大塊穹頂狀的褐色額頭，乍看之下，會以為他很有智慧。他目光陰沉，冷冷地打量著我。細長的褐色手指扒著門框，一言不發。

我問：「蓋格？」

看不出男人臉上有任何波動。他從門背後拿出一根菸，塞到唇間，吸了一小口。煙霧輕蔑地向我懶洋洋地噴來，接著是個慢條斯理的冷漠聲音，語調平板得像是法羅牌的莊家。

「你說什麼？」

「蓋格。亞瑟・關・蓋格。手裡有那些書的傢伙。」

他不慌不忙地想了一下，垂眼望向手中的菸頭。原本扒住門框的另一隻手，移出我的視線。但他肩膀的樣子彷彿在告訴我，藏在後面的手大概正做著某些動作。

「沒聽說過這個名字，」他說，「他住這附近？」

我略微一笑，他不喜歡這個笑容，眼神凶惡起來。我說：「你是裘．波第？」那張褐色的臉沉了下來，「是又怎樣？要敲幾個錢嗎，老兄……還是純粹來給自己找樂子？」

「這麼說你就是裘．波第，」我說，「而你竟不認識一個叫蓋格的人。這可真是滑稽。」

「滑稽？說不定是你自己的幽默感有點滑稽吧。帶上你的幽默感滾到別的地方施展去吧。」

我往門上一靠，朝他曖昧地一笑。「你手上有書，裘。我手上有客戶名單，咱們應該好好談談。」

他緊盯著我。屋裡傳來一聲微弱的響動，像是窗簾的金屬環在金屬桿上輕輕地刮了一下。他朝屋內斜眼瞟了一眼，敞開了大門。

「有何不可……既然你覺得你手上有些東西？」他冷冷地說。他讓到門邊，我與他擦身而過，走進房間。

屋裡很舒適，擺著幾件高檔家具，但看起來並不過分。對面牆上開著法式落地窗，通向屋外的石砌露台，遙望著對面山丘的薄暮。

西牆上，落地窗不遠處有道緊閉的門，靠近公寓門口還有另外一道。後一道門的門楣下有條細銅窗桿，掛著一幅長絨布簾，密不透風地拉著。

我再看東牆，上面沒有門，背靠牆面中間擺著一條長沙發，我便坐了上去。波第關上房門，朝一張嵌有方釘的高大橡木書桌蟹行而去。書桌下層擺著一個鑲金鉸鍊的雪松木盒，他拿起木盒，走向西牆兩扇門中間的一張安樂椅，坐了下來。我取下帽子，丟在沙發上，等著他開口。

「好吧，我在聽了。」波第說。他打開裝雪茄的木盒，把手中菸蒂丟進身旁的菸灰缸，拿了一支細長的雪茄叼在嘴裡。「來支雪茄？」他從半空中拋給我一支。

我伸手去接。波第趁機從雪茄盒裡掏出槍，指著我的鼻子。我看了一眼，是把點三八口徑的黑色柯爾特警用手槍。目前我還沒有什麼和它過不去。

「俐落吧，嗯？」波第說，「稍微站起來一下，向前走兩碼。正好可以透幾口新鮮空氣。」他的口氣模仿著電影裡的硬漢，刻意裝得漫不經心。電影把他們全弄成了這副德行。

「嘖，嘖，」我穩坐著，「城裡有槍的太多，有腦的卻太少。你是幾小時內我碰到的第二個拿槍的，真以為手上有把傢伙，全世界就得跟著他屁股後面跑。放下吧，別幹傻事，袞。」

他的眉毛擰成一團，下巴朝我一揚，目露凶光。

「另一個傢伙叫艾迪．馬仕，」我說，「聽過沒有？」

「沒聽過。」波第仍舊用槍對著我。

「他要是知道你昨晚冒雨去了哪裡，準會像賭場裡面坑人的老千，把你像籌碼一樣一竿子擼掉。」

「艾迪．馬仕當我是什麼？」波第冷冷地問。但他已把槍垂放在膝蓋上。

「連回憶都不是。」我說。

我倆四目相對。我故意沒去看左邊門口長絨布簾下露出的那只尖頭黑色便鞋。

波第靜靜地說，「別誤會，我不是什麼硬漢，只是謹慎行事。我對你一無所知，說不定你是來取我性命的。」

「你還不夠謹慎，」我說，「搞蓋格的書這一招實在爛透了。」

他慢慢地深吸了一口氣，再無聲息地吐出來。接著他靠到椅背上，翹起長腿，把柯爾特自動槍擱在膝蓋上。

「別以為我不會開槍，必要時我絕不手軟。」他說，「你到底想說什麼？」

「請你那位穿尖頭便鞋的朋友出來吧。憋了那麼久，她肯定累了。」

波第喊了聲：「出來吧，艾格妮。」眼睛仍緊盯著我不放。

布簾一掀，蓋格書店裡那個碧眼灰金髮，走路屁股會扭的女郎走了出來。她瞪著我，恨不得一榔頭把我敲爛。她鼻翼收縮，目光陰沉，看起來非常不高興。

「我就知道你是個麻煩，」她厲聲說道，「我告訴過裘要小心腳下。」

「他該留心的不是腳下，而是屁股後面。」我說。

「這可真好笑。」金髮女郎尖聲叫道。

「本來是，」我說，「但現在可能不好笑了。」

「留著你的笑話吧，」波第警告我，「裘可是非常小心腳下的。把燈打開，如果要幹掉這個人，我想瞄準一點兒。」

金髮女郎啪地扭亮一盞方形大立燈。她坐進立燈旁的一張椅子裡，身子直挺挺地好像被束身衣箍得過緊。我把雪茄塞進嘴裡，咬掉菸頭。摸火柴點菸時，波第的柯爾特手槍對我興趣陡增，盯得很緊。我品了一口雪茄，然後說：

「我說的冤大頭名單是用暗碼寫的。還沒破解，不過大概羅列了五百個名字。據我所知，你弄到了十二箱書，至少到手五百本，此外應該還有不少外借中。保險起見，就算總共五百本好了。如果那份名單切實有效，保守估計哪怕只有百分之五十，也有十二萬五千單生意可做。你女朋友很清楚這筆帳，我只不過是大致猜測。租金任你壓低，但怎樣都不會低於一塊錢，這些貨也要算成本。單靠每次租金一塊錢，你就可到手十二萬五千美元了，而且仍握有老本，我是說，蓋格的老本。僅憑這點，就足夠惹人側目了。」

金髮女郎大聲嚷起來，「你瘋了，你這該死的蛋頭……」

波第牙一齜對她吼道：「閉嘴，我的天，閉嘴。」

她強壓住怒火，又羞又惱地用銀指甲用力撓著膝蓋。

「這行業可不是隨便哪個無能之輩都能幹的，」我對波第說，一臉貼心樣，「得需要你這樣腦筋靈活的老手，衮。你要有信心，並且堅持下去。花錢買二手性快感的人就像憋尿找不到廁所的老貴婦一樣急迫。我個人認為，敲詐勒索是大錯特錯，最好別再耍那些伎倆，安分守法地幹租賃買賣好過。」

波第的深褐色眼睛在我臉上掃來掃去，那把柯爾特手槍仍死死瞄準我的致命器官。「你是個有趣的傢伙。」他毫無語調地說，「誰在經營這樁好買賣呢？」

「你啊，」我說，「幾乎上手了。」

金髮女郎嗆了一聲，猛抓耳朵。波第沒搭腔，只是靜靜地瞧著我。

「什麼？」金髮女郎叫出聲來，「你往那裡一坐，告訴我們蓋格先生在熱鬧繁華的大街上做那種生意？你神經病！」

我極有禮貌地斜睨她一眼。「確實是這個意思。所有人都知道有這種生意存在，它是為好萊塢量身定制的。如果這類東西必須存在，那麼講求實際的警察們就希望它開到大街上來。紅燈區就是同樣的道理。什麼時候他們想要洗牌了，就知道要去哪裡洗上一洗。」

「我的天，」金髮女郎哀號著，「你任由這個鄉巴佬坐在那裡侮辱我，裘？你手裡有槍，他赤手空拳，只捏著一支雪茄！」

「我喜歡聽，」波第說，「這傢伙有些好主意。你閉嘴，安靜一會兒別再廢話，否則我用這玩意兒幫你閉嘴。」他揮揮槍，動作愈來愈放鬆警惕。

金髮女郎倒抽一口氣，把臉扭向牆壁。波第瞧著我，狡獪地說：「你說說看，這樁好買賣我是怎麼弄到手的？」

「你殺了蓋格，在昨夜下雨時。大雨夜殺人夜。麻煩的是，你幹掉他時，他並非獨自一人。要麼你沒注意到，不過這個可能性不大；要麼就是你聽到風聲不對，落荒而逃了。但你居然夠大膽，從他的相機裡取走底片，更大膽溜回去藏起他的屍體，這樣一來，在警方發現謀殺案之前，你便有足夠時間把那些書安置妥當。」

「唷！」波第一臉輕蔑，柯爾特手槍在他的膝頭晃來晃去，褐色的臉板得像一塊木雕。「你這是在搏命啊，先生。算你他媽的走大運，蓋格不是我殺的。」

「即使沒殺，你也有口難辯了，」我幸災樂禍地告訴他，「你註定要擔下這個罪名。」

波第的聲音變得沙啞，「你認為可以栽到我頭上？」

「沒錯。」

「怎麼說？」

「有人會這樣指證。我剛說過了，有目擊證人。別裝傻了，袞。」

他暴跳如雷。「他媽的那個小騷貨！」他吼道，「她會，該死的！她絕對會……一點兒也沒錯！」

我往後一靠，朝他咧著嘴笑，「精采。我還以為她那些裸照在你手上呢。」

他沒搭腔，金髮女也沒搭腔。我由他們慢慢琢磨。波第臉上漸漸雲開霧散，儘管還透著一縷陰沉。他把柯爾特手槍放在椅畔的茶几上，但右手依然緊靠槍托。他在地毯上磕掉雪茄菸灰，瞇起眼睛，射出兩道厲芒盯住我。

「我猜你一定覺得我是個笨蛋。」波第說。

「一般水平吧，就敲詐這行而言。照片拿來。」

「什麼照片？」

我搖搖頭，「別再演這套了，袞。假裝無辜對你一點用也沒有。你要不是昨晚在場，就是從某個曾經在場的人手上搞到了裸照。你知道那女孩當時在場，因為你指使你女朋友威脅雷根太太，說這與刑事案件有關。你之所以這麼有把握，若非親眼目睹，便是手上有照片，而且知道照片在何時何地拍攝。快交代吧，放聰明些。」

「總得有點賺頭吧，」波第說。他略微側過頭去，瞧著綠眼珠的金髮女郎。她已綠眸不再，徒留金髮其表。她垂頭喪氣，活像隻剛被宰殺的兔子。

「沒賺頭。」我說。

他悻悻地皺起眉問，「你是怎麼找上我的？」

我拎出皮夾，把徽章亮給他看。「我在調查蓋格……替一個顧客。昨晚我就在屋外，澆在雨中。我聽到槍聲，破窗而入。我沒見到兇手，不過其他一切都看到了。」

「而且口風相當緊。」波第冷笑道。

我收起皮夾。「沒錯，」我承認道，「直到現在。照片能給我了嗎？」

「那些書的事，」波第說，「我沒弄清楚。」

「我從蓋格的書店一路跟蹤到這裡。我有證人。」

「那個小混混？」

「哪個小混混？」

他又怒容滿面。「在店裡做事的那小子。貨車開走之後他就溜了，連艾格妮都不知道他翻進哪條水溝了。」

「這消息很有用，」我說著，朝他咧咧嘴，「這一點讓我有些擔心。你們倆有誰去過蓋格家……昨晚之前？」

「連昨晚也沒去過，」波第厲聲說，「那麼，她說是我開槍打死蓋格的，嗯？」

「如果我手上有照片，或許可以說服她是自己搞錯了。她昨晚喝了點兒酒。」

波第嘆了口氣。「她對我恨之入骨，我甩了她。沒錯，我拿到一筆錢，不過無論如何我都會這麼幹。她太瘋癲了，我這種普通人實在吃不消。」他清清喉嚨，「給點甜頭如何？我手頭沒剩幾個錢了，艾格妮和我還得繼續過日子啊。」

「我的雇主是不會給的。」

「聽著……」

「照片拿來，波第。」

「噢，見鬼，」他說，「算你贏了。」他站起身，把科特爾手槍插進側邊口袋，左手伸進外套，手停在那裡，面容因為憎惡而扭曲。就在此時，門鈴響起，而且響個不停。

15

他很不喜歡這門鈴聲。他咬住下唇，眉頭倒掛在額角，整張臉變得警惕、狡獪而且凶狠。

門鈴持續響個不停，我也很不喜歡。若訪客恰好是艾迪・馬仕和他的跟班，我在這裡就有可能被他們幹掉。若是警察，這時被他們撞到，除了報以微笑與承諾，沒別的可報告的。若是波第的朋友……假設他有朋友的話……也許比波第更難對付。

金髮女郎亦不喜歡這門鈴聲。她猛然跳起，一隻手在空中亂揮。她的臉因神經過敏而變得又老又醜怪。波第緊緊盯著我，猛地拉開書桌的一個小抽屜，取出一把骨柄自動手槍，遞給金髮女郎。她溜到他身邊，抖抖瑟瑟地接過來。

「坐到他旁邊，」波第說，「抵著他，槍口放低些，離門遠點兒。如果他耍花招，你自己看著辦。我們還沒輸呢，寶貝。」

「噢，袠。」金髮女郎哀號了一聲。她走過來，緊貼著我坐到長沙發上，槍口對準我的大腿動脈。我討厭她的蠢笨眼神。

嗡嗡作響的門鈴停下來了，緊接著是木門上一陣急促而不耐煩地猛敲。波第將右手插進口袋，握住槍，走到門口，伸出左手開門。卡門・史坦梧舉著一把小巧的左輪手槍抵住他棕色的薄嘴唇，把他頂回屋裡。

波第步步後退，嘴唇翕動，一臉驚惶。卡門關上身後的門，完全沒瞧我和艾格妮一眼。她緊逼著波第，舌尖從齒間微微舔出。波第將雙手從口袋裡抽出，擺開一副求和的姿態。他的眉毛情不自禁地擰出各種古怪的線條與角度。艾格妮掉轉槍口，對準卡門。我倏地彈出一隻手，五指用力攫住她的手，用拇指去扳手槍保險栓。保險栓已經開啟，我便牢牢卡住。我們這場扭打爆發得短暫而無聲，波第和卡門都沒留意。我奪下了她的槍。艾格妮喘著粗氣，從頭到腳都在發抖。卡門面帶傷痕一臉猙獰，呼吸沉重得嘶嘶作響。她用毫無起伏的語調說：

「我要我的照片，裘。」

波第吞下一口口水，企圖擺出笑臉，「當然，孩子，當然。」他壓低嗓門，輕聲慢語，跟之前與我說話的腔調相比，宛如小型摩托車之於十噸卡車。

卡門說：「是你殺了亞瑟．蓋格。我看見了。你把照片還給我。」波第登時面色發青。

「嘿，等一下，卡門。」我大喊。

金髮女郎艾格妮瞬間回過神來，她頭一低，一口咬住我的右手。我掙扎了好一番才把她甩掉。

「聽著，孩子，」波第說，「就聽我說一句……」

金髮女郎朝我啐了一口，俯在我的大腿上，張嘴就要咬。我用手槍往她腦袋上一磕，出手不重，同時奮力起身。她滾到我的腳下，雙臂抱住我的腿，我又跌回沙發。金髮女郎力道十足，不知是愛到發狂亦或懼到發狂，或者兩者兼而有之，又或者她根本就是天生蠻力。

波第伸手去抓頂著他臉的小左輪手槍，沒抓到。手槍發出啪的一聲，刺耳卻不算響。子彈打穿了一扇摺疊落地窗。波第一聲悽厲的慘叫，跌倒在地，順勢去拽卡門的雙腳。她一個踉蹌，哐噹倒地，小左輪手槍滑向牆角。波第猛然跪起，伸手去掏口袋。

我又給了艾格妮的腦袋一擊，這次就沒那麼客氣了，我把她從腳邊踢開，站起身來。波第目光向我掃來，我晃晃那把自動手槍，他伸向口袋的手驀然停住。

「老天啊！」他哀號著，「別讓她殺我！」

我放聲大笑，笑得肆無忌憚，活像個白癡。金髮艾格妮在地上坐起身，雙掌撐著地毯，嘴巴大開，一綹金髮鋼絲般懸在右眼前面。卡門則手膝並用，匍匐在地，嘴裡嘶嘶聲不斷。她那把左輪手槍在牆壁護壁板的角落裡閃著金屬寒光，她不顧一切地向它爬去。

我朝波第揮揮我的槍，說道：「待著別動，你不會有事的。」

我越過在地上爬動的女孩，撿起那把小手槍。她抬頭望著我，咯咯笑起來。我把她的槍揣進口袋，拍拍她的背，「起來，小天使，你這樣子活像隻哈巴狗。」

我走到波第身邊，用手槍抵住他的上腹部，從他的側邊口袋掏出柯爾特槍。這下所有亮過相的槍枝都在我身上了。我把這兩把槍也揣進口袋，手伸向波第。

「拿來。」

他點點頭，舔著嘴唇，仍然目有懼色。他從胸袋裡掏出一個厚信封交給我，裡面是一張沖洗過的底片和五張光面照片。

「確定都在這裡？」

他再次點頭。我把信封插進自己的胸袋，轉過身去。艾格妮已經坐回沙發，正在梳理頭髮。她瞪著卡門的綠眼珠怒火噴燒，恨不得將她生吞活剝。卡門也已站起身，張著手向我走來，一邊咯咯笑，一邊吐著嘶嘶聲。她的嘴角掛著星星點點的白沫子，小巧的白牙貼著嘴唇閃閃發亮。

「現在可以給我了嗎？」她問我，羞澀一笑。

「我會替你處理。先回家去。」

「回家？」

我走去門口，向外張望。清亮的夜風和緩地吹過走廊，門外沒有愛湊熱鬧的鄰居。小手槍走火，射穿一片窗玻璃，這樣的聲響在如今已經見怪不怪。我撐住門，朝卡門揚頭示意。她走向我，笑容猶疑不決。

「回去家裡等我。」我安撫她。

她舉起大拇指，然後點點頭，從我面前溜進走廊。經過我身邊時，她用手指撫過我的臉頰，「你會照顧卡門的，對吧？」她柔聲說。

「沒錯。」

「你真是可愛。」

「你看到的不算什麼，」我說，「我右邊大腿上還紋了一個峇里島舞孃呢。」

她瞪圓了眼睛，說：「頑皮鬼。」又朝我搖搖指頭，湊到耳邊說，「槍能還我嗎？」

「現在不行，回頭再說。我會送去給你。」

她突然摟住我的脖子，迎頭一吻。「我喜歡你，」她說，「卡門非常喜歡你。」她像隻畫眉鳥般歡快地跑過走廊，到樓梯口時又向我揮揮手，然後轉身奔下樓梯不見了。

我回到波第的公寓。

16

我走向折疊式落地窗，查看上方被打碎的小格窗玻璃。卡門的小手槍射出的子彈像一拳重擊把玻璃打得粉碎，沒有留下任何彈孔。但只要稍微留心看，很快可以發現膠泥牆壁上有個小孔。我拉上窗簾，遮住碎玻璃，然後從口袋裡掏出卡門的手槍。那是一把銀行家特製手槍，點二二口徑，空心彈頭，槍柄鑲有珍珠，底部還嵌了一塊小小的圓形銀牌，上面刻著「贈卡門　歐文」。她把所有人都搞得暈頭轉向的。

我把槍收進口袋，挨著波第坐下，注視著他那雙沮喪的褐色眼睛。一分鐘過去了。金髮女郎藉著隨身的小鏡子修飾了一臉殘容。波第胡亂摸索了一陣，掏出一根香菸來，冷不防問道：「滿意了？」

「到目前為止可以這麼說。你為什麼會找上雷根太太，而不是去敲老頭子的竹槓？」

「搞過老頭子一次啦。大約六、七個月前。我擔心他惱火起來會去找警察。」

「你憑什麼認為雷根太太不會把事情告訴他？」

他對這句話仔細斟酌，思索良久，邊抽菸，邊瞄向我。最後，他終於開口問我，

「你對她有多了解？」

「見過她兩次。你一定對她了解甚多，才敢碰這種運氣，拿照片勒索她。」

「她四處放浪，我估計她或許惹了些麻煩不想讓老頭子知道，也估計她輕而易舉就能籌到五千美元。」

「有些勉強，」我說，「不過先不深究了。你破產了，嗯？」

「手裡的那兩枚鎳幣我都晃了一個月了，真想讓它們配成對。」

「你靠什麼過活？」

「做保險。我在普斯·沃格林的公司有辦公室，就在西大道和聖塔莫尼卡大道交口的富韋德大廈裡。」

「既然已經開口，就索性開到底吧。那些書在你這間公寓裡？」

他牙關一咬，揮了揮褐色的手。他的信心在舉手投足間逐漸甦醒，「見鬼，不在這裡。擺進倉庫了。」

「你讓人把書運來這裡，然後又即刻找倉庫租賃公司運走？」

「沒錯。我不想讓他們直接從蓋格的店裡運過去，你說是吧？」

「你很精明，」我佩服地說，「那現在你這裡還有任何罪證嗎？」

他又露出憂慮的神色，斷然搖頭。

「很好。」我對他說。接著我朝艾格妮望去，她已經整理好妝容，茫然地瞪著牆壁，幾乎沒在聽我們的對話。剛剛那場緊張和震驚過後，她只剩一臉倦怠。
波第警覺地眨眨眼睛，「所以？」
「照片怎麼到手的？」
他沉下臉，「聽著，你已經得到你要的，沒費任何工夫。你幹得乾淨俐落。現在趕緊找你的雇主獻寶去吧。我乾乾淨淨，不知道什麼照片的事，是吧，艾格妮？」
金髮女郎睜大眼，目光閃爍，略帶鄙夷地瞧著他，「半吊子的傢伙，」她懶洋洋地哼了一聲，「我一貫都這麼認為。沒有哪次是聰明到底的。一次也沒有。」
我對她咧嘴一笑，「有沒有把你的頭打得太重？」
「你，還有我見過的每個男人都一樣。」
我回頭看波第。他正用指尖使勁掐住香菸，似乎有些抽筋。他的手微微顫抖，那張褐色的撲克臉卻仍舊若無其事。
「我們得統一一下口徑，」我說，「譬如，卡門沒來過這裡，這相當重要，她從沒來過，剛看到的都是幻象。」
「哼！」波第冷笑一聲，「隨你怎麼說，朋友，如果……」他伸出一隻手，手掌朝上一翻，手指蜷起握成杯狀，拇指輕輕摩擦著食指與中指。
我點點頭，「咱們走著瞧。或許能有點兒小酬勞，但別指望會是幾千塊。現在告訴我，你是從哪裡搞來照片的？」

「有個傢伙塞給我的。」

「嗯哼。一個在街上擦肩而過的路人，之後不會再碰到，之前也從未見過。」波第打了個呵欠，「照片從他口袋裡掉出來。」他斜覷了我一眼。

「嗯哼。有昨晚的不在場證明嗎，撲克臉？」

「當然。昨晚我就在這裡，艾格妮和我一起。是吧，艾格妮？」

「我又要替你難過了。」我說。

他瞠目結舌地看著我，香菸黏在下唇。

「你自以為精明，其實蠢得可以，」我對他說，「即使你逃得掉昆丁監獄，也還會有一段漫長而孤寂的淒苦日子等著你。」

他嘴上的香菸一抖，菸灰掉落在背心上。

「想想你有多精明吧。」我說。

「出去，」他突然咆哮道，「滾。我跟你說了夠多廢話了。快滾。」

「好吧。」我起身走到那張高大橡木書桌旁，從口袋裡取出他的兩把槍，並排放在吸墨紙上，槍管剛好平行指著同一方向。我伸手撿起長沙發旁地上的帽子，向門口走去。

波第喊了一聲：「嘿！」

我轉過身，等待下文。他嘴裡的菸上下抖個不停，好像彈簧上的小玩偶。「一切都沒問題了，是不是？」

「咦，當然。這是個自由國家。若你一心想蹲大牢，沒人會在高牆外強留。前提是，你得是這裡的公民。你是合法公民嗎？」

他只是瞪著我，香菸不住地抖動；金髮艾格妮也緩緩轉過頭來，兩雙眼睛齊齊瞪著我，目光都摻雜著狡獪、猶疑以及沮喪的憤怒。艾格妮突然抬起她那銀色手指，從頭上揪下一根頭髮，把它絞在手指間，再狠命扯斷。

波第緊張地說：「你是不會去找警察的，兄弟。要是你在為史坦梧家辦事的話，你就不會去。那家人的爛事我知道得太多了。你已經得到照片，我也答應你守口如瓶。走吧，別再來多管閒事。」

「想清楚了再開口，」我說，「你叫我滾蛋，我立刻邁開大步，快到門口了，你又把我喊回來。現在我又要開步走了，你讓不讓我走？」

「你沒抓到我的任何把柄。」波第說。

「區區兩樁謀殺案而已。在你們圈子裡，不過是小打小鬧。」

波第觸電般跳起，高度不過一吋，感覺卻似有一呎。他雙眼圓睜，菸草色眼珠周圍覆滿了眼白，褐色的臉在燈下泛出綠光。
金髮艾格妮發出一聲野獸般的低沉哀號，一頭扎進長沙發一端的軟墊裡。我原地站著，欣賞著她大腿的修長曲線。
波第緩慢地舔舔嘴唇，說：「坐下吧，朋友。或許我還有幾件小事要告訴你。兩件謀殺案的玩笑是什麼意思？」
我往門上一靠。「昨晚七點半左右你人在哪裡，衰？」
他鬱鬱地垂下嘴角，低頭盯著地板。「我在監視一個傢伙，他做的買賣很有賺頭，我猜他也許需要一個合夥人。就是蓋格。我時不時地去盯梢，想知道他是否有厲害的靠山。我估計他準有些朋友，不然他不可能如此明目張膽地做這種生意。不過那些人不去他家，去他家的都是女人。」
「你盯得還不夠緊，」我說，「繼續說。」
「昨晚我在蓋格家下面的那條街上。雨勢太大，我窩在自己的小轎車裡，什麼也沒看見。蓋格家門前有一輛車，山坡不遠處還有另外一輛，所以我才把車停在下面，後面還停著一輛大別克。等了一會兒，我跑過去掃了一眼，發現車主是薇安・雷根。見到沒有什麼動靜，我便離開了。就這樣。」他揮揮手中的菸，視線上下掃著我的臉。

「或許不假，」我說，「你知道那輛別克現在哪裡嗎？」

「我怎麼知道？」

「在司法局的車庫裡。今早從利都漁港十二呎深的海裡打撈出來。裡面有個死人，腦袋被敲了一記，車頭衝出棧橋，手排擋是拉下的。」

波第的呼吸變得急促，一隻腳不安地拍打地板，「老天，夥計，這事你可不能安到我頭上。」他聲音低啞地說。

「有何不可？據你所言，那輛別克當時就停在蓋格家後面。不過，開它出門的不是雷根太太，而是她家司機，一個叫歐文·泰勒的小伙子。他跑去蓋格家是為了找蓋格談談，因為他喜歡上卡門，討厭蓋格和她玩的那種把戲。他身上帶著槍，用撬棍從後門溜進屋，撞到蓋格正在替卡門拍裸照。所以他的槍響了，是槍當然會響的，於是蓋格倒地死了，歐文則奪門而逃，但他沒忘記拿走蓋格拍照後的底片。所以你追了上去，從他那裡搶走底片。若非如此，底片怎麼會到你手上？」

波第舔舔嘴唇，「沒錯，」他說，「但那不能證明是我殺了他。沒錯，我是聽到槍聲，看見兇手連滾帶爬跌下後樓梯，鑽進別克車裡逃跑了。我開車跟上去。他一路開到谷底然後往西轉上日落大道。過了比佛利山莊，他的車滑出路面只得停下來，我便靠上前，假扮警察。他雖有槍，但已筋疲力竭，我便把他打昏，接著搜了他的身，搞清楚他是誰，把底片掏出來則純粹出於好奇。我探出頭琢磨它是什麼東西，脖子都被雨淋濕了，誰知這時他忽然醒過來，把我打下了車。等我掙扎爬起時他已不見蹤影。之後我就再沒見過他。」

「你怎麼知道他殺的人就是蓋格？」我厲聲問。

波第聳聳肩，「我估計是他，也可能猜錯。不過當我把底片沖洗出來，看到照片時，我就相當確定是蓋格沒錯。而且今天上午蓋格沒去店裡，電話也不接，我就更加確定了。所以我覺得這是個絕佳的時機，可以先運走他的書，再趕緊向史坦梧家敲上一筆旅費，之後就可以找個地方納涼了。」

我點點頭。「聽上去還算合理。或許你真的沒為此殺人。你把蓋格的屍體藏去哪裡了？」

他眉毛一挑，咧嘴笑了，「不，沒這事兒，省省吧。你以為我會回去處理屍體嗎？難道我不知道會有一車車警察跑來跑去的？別開玩笑。」

「有人把屍體藏起來了。」我說。

波第又聳了聳肩，笑意還掛在臉上，他不相信我的話。他還在猶疑時，門鈴又響了。波第倏地起身，眼露凶光。他瞥了一眼桌上的槍。

「好啊，她又回來了。」他咆哮著。

「就算是她，身上也沒槍了，」我安撫他，「你難道沒有別的朋友了？」

「頂多有一個，」他吼道，「我受夠了這種你追我跑的遊戲。」他大步跨向書桌，拾起柯爾特手槍，把槍口朝下緊貼身側，走向房門。他左手握住門把，一轉，打開一道一呎寬的縫，身體微微探出，槍仍緊貼大腿握著。

一個聲音說道：「波第？」

波第回了句什麼，我沒聽清，隨後傳來兩聲沉悶的槍響。一定是槍口緊緊抵住了波第的身體。他靠著門朝前傾倒，身體的重量把門哐噹撞上。他順著木門往下滑，雙腳把身後的地毯都蹬開了，左手從門把上鬆脫，手臂砰地一聲重重砸在地板上。他的頭擠住房門，一動也不動。那把柯爾特手槍仍死死握在右手中。

我一躍而起衝過半個房間，把他的身體推開一些，打開一條門縫擠身出去。一個婦人從幾乎正對面探出頭來張望，她滿臉懼色，獸爪般的手指指向走廊一端。

我沿著走廊奔過去，聽到腳步聲咚咚地跑下磁磚樓梯，便循聲追去。到了大廳時，前門正悠悠地自動關攏，外面人行道傳來啪啪的跑步聲。我在門完全關上前趕到，一把推開，衝了出去。

一個沒戴帽子、身穿短皮背心的高個子正斜穿過停在路邊的車輛往對街跑去。那人轉過身，噴出一團火光。兩顆子彈狠狠撞在我旁邊的灰泥牆壁上。那人又繼續往前奔，閃進兩輛車子之間，消失無蹤。

一個男人迎上來，大聲問：「發生什麼事？」

「有人開槍。」我說。

「天啊！」他急忙跑進公寓大樓。

我沿著人行道快步走向我的車子，鑽進去發動引擎。我駛出路肩，向山下開去，速度並不快。對面沿街沒有車輛啟動。我覺得聽到了腳步聲，但不能確定。我順著下坡開了一個半街區，在十字路口掉頭，再往回開。這時，人行道上隱約傳來細微的口哨聲，緊接著一陣腳步聲。我將車並排停在沿街的另一輛車旁，溜下車，壓低身子躲在兩輛車之間，從口袋裡掏出卡門那把小左輪手槍。

腳步聲益發響了，口哨吹得興高采烈。不一會兒，短皮衣出現了。我從兩輛車之間跨出來，說，「老弟，借個火？」

那少年驀地轉向我，右手飛快地伸進短皮衣。圓形路燈的照耀下，他那雙眼睛水漾漾的，烏黑的眼眸狀似杏仁，一張蒼白英俊的臉龐，鬈曲的黑髮低低地壓住額頭，翹起兩個小彎兒。真是個相當英俊的少年，就是蓋格書店裡的那個少年。

他站在那裡看著我，一言不發，右手搭在短皮衣的前襟上，但還沒伸進去。我緊貼著大腿握住小左輪手槍。

「你一定非常思念你的女王。」我說。

「去……你媽的。」少年輕聲說，一動不動地站在人行道上，一邊停靠著車輛，一邊是五呎高的擋土牆。

一陣警笛聲遠遠地從山下傳來，少年循聲扭過頭去。我邁近一步，拿槍抵進他的短皮衣。

「二選一，我還是警察？」我問他。

他把頭略微一側，彷彿捱了我一耳光。「你是誰？」他低吼道。

「蓋格的朋友。」

「離我遠點兒，狗娘養的。」

「這是支小手槍，小子。要是對準你的肚臍來一下，肯定讓你三個月下不了床。不過你會康復的，這樣就可以自己走進昆丁監獄新建的漂亮毒氣室了。」

他說了句：「去……你媽的。」將手伸進短皮衣。我把槍往他肚子上用力一戳，他輕輕地吐了口長氣，手從短皮衣上移開，無力地垂在身側，寬闊的肩膀也垮了下來。「你想要什麼？」他低聲問。

我伸手探進他的短皮衣，繳了他的自動手槍。「上我的車，小子。」

他走過我面前，我從背後推了他一把。他爬進車子。

「坐駕駛座，小子。你開車。」
他滑到方向盤前，我也上了車坐在他旁邊。我說：「先讓警車開上山。他們會認為我們是聽到警笛聲讓道的。之後掉頭下山，我們回家去。」
我收起卡門的小手槍，用那小子的自動手槍頂住他的肋骨。我回頭透過車窗向後望，警笛聲拉得更響了，街道中央浮現兩盞紅燈，燈光愈來愈強，漸漸合而為一，在一陣狂嘯中，警車飛馳而過。
「我們走吧。」我說。
那小子把車掉頭，朝山坡下開去。
「我們回家，」我說，「去拉維恩坡道。」
他那兩片光滑的嘴唇抽搐了一下，把車子向西開上富蘭克林街，「真是個心思簡單的小伙子。你叫什麼名字？」
「卡羅．蘭葛安，」他有氣無力地說。
「你殺錯人了，卡羅。裘．波第沒有殺你的女王。」
他對我又飆出那句三字經，繼續往前開。

17

拉維恩坡道旁，高大的尤加利樹梢上掛著昏濛霧氣，一輪滿月只探出半邊，灑下柔和的銀色光輝。山坡下，一戶人家的收音機播得震天響。那少年把車開到蓋格家門前的方形樹籬前，熄了火坐著，雙手握住方向盤，兩眼直愣愣地瞪著前方。沒有一絲光亮從蓋格家的樹籬後透出來。

我說：「有人在家嗎，小子？」

「你應該知道。」

「我怎麼會知道？」

「去……你媽的。」

「人就是因為說這話才裝上假牙的。」

他傴促地咧嘴一笑，向我齜出他的真牙，然後踹開門下了車，我急忙追出去。他雙手握成拳頂在臀上，漠然地瞧著樹籬頂部露出的房子。

「好了，」我說，「你有鑰匙。我們進屋吧。」

「誰說我有鑰匙？」

「別耍我，小子。那同性戀給過你一把，裡面還有你的一個小房間，舒適整潔充滿了陽剛氣息。他有女訪客的時候，就會把你支開，鎖上房門。他就像凱撒大帝，在女人面前是丈夫，在男人面前是妻子。你以為我搞不懂你和他這種人是怎麼回事？」

我仍用他的自動手槍指著他，但他照樣揮拳向我砸來，正中我的下巴。我疾步退後幾步才沒跌倒，可是結結實實地吃了這一拳。他有意狠命一擊，但無論外表看起來如何，娘娘腔的骨頭是怎麼樣也鐵硬不起來的。

我把槍丟到他腳下，說：「你或許需要這個。」

他迅即彎腰去撿，動作極快。我則一拳揮上他脖頸側面，他踉蹌著歪向一邊，伸手抓槍卻沒搆到。我又把槍撿回來，丟進車裡。那少年四肢撐地爬過來，憤怒地斜瞪著我，瞪到眼珠就快掉出來。他咳嗽幾聲，甩了甩腦袋。

「別再打了，」我告訴他，「你完全不夠份量。」

可他就是想打。他撲向我，像一架彈射出來的飛機，俯身抱向我的膝蓋。我橫跨一步閃開，伸手抓他的脖子，再順勢用兩臂卡緊他的頭。他兩腳拚命蹬地，掙扎著挺起身子，兩手朝我要害出招。我把他的身體拗過來，抬得更高。我用左手拽住右手腕，右側胯骨使勁抵住他。一時之間我們勢均力敵，僵持不下。迷濛的月光下，我們儼然兩頭奇形異狀的怪獸，四腳摳地，狂喘粗氣。

這時，我的右前臂抵到了他的氣管，我用盡兩隻手臂的力量壓下去。他的腳開始狂亂踢蹬，很快就不再大喘氣。他一動也不動了，左腳叉到一邊，膝蓋鬆垮無力。我又堅持了半分鐘，他癱軟在我的手臂上，身體死沉到幾乎托不住，於是我放開手，他橫在我的腳邊，不省人事。我走去車子，從小儲物箱裡拿出一副手銬，從他身後扳過雙手，喀嚓銬上。我托著他的腋窩，設法把他拖進樹籬背後街道看不見的地方。然後我又回到車上，往坡上開了一百呎，停下來，鎖好車。

回來時他還沒醒。我打開房門，把他拖進屋子，關上門。這時，他開始回過氣來。我扭亮一盞檯燈。他顫抖著眼皮睜開眼睛，慢慢地把視線對焦在我身上。

我彎下腰，避開他膝蓋可及範圍，說：「安分點，不然讓你吃不完兜著走。老實躺著，屏住呼吸，屏到你實在憋不住了，就告訴自己非喘口氣不可了。你已經憋到臉發青，眼珠子凸出，你非得喘口氣了，可是你現在被綁在刑椅上，坐在聖昆丁監獄乾淨整潔的小毒氣室裡，連你的靈魂都在全力掙扎，抗拒去呼吸那一口氣，你吸進去的不會是空氣，而是氰化物氣體。這就是如今咱們這一州吹噓的人道主義處決。」

「去……你媽的。」他悶悶地輕嘆一口氣。

「你會認罪的，老弟，別以為你可以挺過去。到時候我們要你說什麼你就得說什麼，不要你說的一個字也不能說。」

「去……你媽的。」

「再說一次，我會讓你好受。」

他的嘴唇痙攣了一下。我任由他躺在地上，手腕反銬在身後，半張臉陷在地毯的長絨裡，露出的那隻眼閃著野獸般的光芒。我扭亮另一盞檯燈，走進客廳後面的走廊。蓋格的臥室似乎沒被動過。我打開走廊對面的那間臥室，這次沒有上鎖。房間裡微光搖曳，隱隱一縷檀香味。鏡台的小銅盤上並排立著兩錐燃盡的香灰，微光來自插在一呎高燭台上的兩根黑色長蠟燭。燭台擺在兩張高背椅上，各據床的一側。

蓋格躺在床上。原先兩條不見了的中國刺繡在他的軀體中央擺成聖安德魯十字，正好遮住中式袍子沾滿血漬的前襟。十字之下，穿著黑緞睡褲的兩條腿僵硬直挺，腳上套著白色厚毛氈底拖鞋。十字之上，雙臂折起，手腕在胸前交叉，雙手平放在肩膀上，掌心朝下，十指併攏，平直伸展。他嘴巴緊閉，陳查理式的八字鬍像黏上去的假鬍鬚，扁鼻子的鼻孔緊縮，顏色發白。他的眼睛閉著，但沒完全闔上，那隻玻璃眼珠在燭光下映出淡淡光澤，朝我使著眼色。

我沒碰他，我甚至沒有走近他。他一定已如冰塊般冰冷，如木板般僵硬。

一陣穿堂風吹過，床兩側的黑色蠟燭火光搖曳，黑色燭淚沿著燭身流淌下來。房間裡瀰漫著令人作嘔的污濁空氣，有種不真實的感覺。我走出去，關上門，回到客廳。那少年不曾動彈過。我靜靜站了一會兒，側耳分辨是否有警笛鳴起。一切取決於艾格妮有多快開口，開口又談了什麼。如果她談及蓋格，警察隨時都可能趕到這裡；但也可能她幾個小時都不開口，甚至有可能早已溜之大吉。

我俯視著那少年，「想坐起來嗎，孩子？」

他閉起眼睛裝睡。我走到書桌前，抄起桑椹色的電話，接通勃尼．歐斯辦公室的號碼。他六點時已下班回家，我又打去他家。他接了電話。

「我是馬羅，」我說，「今早你的手下有沒有在歐文．泰勒身上發現一把左輪手槍？」

我聽見他清了清喉嚨，也聽得出他故作鎮靜，盡量不帶出詫異的口氣來：「這會歸在警方報告裡。」

「要是他們找到了，槍裡應該有三枚空彈殼。」

「你到底是怎麼知道的？」歐斯語氣平靜。

「來一趟拉維恩坡道七二四四號，從月桂峽谷大道岔進來。我給你看子彈跑去哪裡了。」

「就這樣？」

「就這樣。」

歐斯說：「瞅著窗外，你會看到我從拐角那邊過來。我一直認為你對這件事有點鬼鬼祟祟。」

「對這件事，鬼鬼祟祟遠不足以形容。」我說。

18

歐斯站著俯視那少年。他正倚在沙發上，身體斜靠著牆。歐斯靜靜地打量著他，灰白眉毛根根豎立，又硬又圓像是富樂刷推銷員贈送的蔬果小毛刷。

他問那少年：「你承認槍殺波第？」

那少年悶聲報以他最喜愛的那句三字經。

歐斯嘆了口氣，望向我。我說：「不必他承認，他的槍在我這裡。」

歐斯說：「但願每次有人跟我講這句時，我都能得到一塊錢。究竟說這話的樂趣何在？」

「本來也不是為了找樂子才說的。」我說。

「噢，說得好。」歐斯說。他轉過身，「我已經打電話給韋德。我們要帶著這個小混混去見他。他可以坐我的車，你跟在後面，以防他朝我臉上踹一腳。」

「你對臥室那場面感興趣嗎？」

「非常不錯，」歐斯說，「我還有點高興泰勒那個小子是衝出棧橋死掉的。我還真不樂意因為他宰掉了那隻臭鼬鼠而把他送進死牢。」

我回到小臥室，吹熄黑蠟燭，由著它們冒煙。回到客廳時，歐斯已經把那少年拽了起來。那少年站在那裡，一對尖銳的黑眼睛怒視著他，一張臉僵硬又慘白，像是一塊冷凍羊脂。

「走吧。」歐斯說著，拽著他的手臂，彷彿很不情願碰他似的。我把燈關掉，隨他們步出房子。我們分別上車，我跟在歐斯的一對車尾燈後面，駛下蜿蜒冗長的山路。但願這是我最後一次來拉維恩坡道。

地方檢察官塔格．韋德住在第四街和拉法耶特公園道街角的一棟白色木構架宅邸裡。房子有電車車庫般大小，其中一側是專供車輛出入的紅砂岩門廊，房前則是幾畝柔軟起伏的大草坪。這是一棟堅固的老式宅邸，隨著市區不斷往西拓展，這類建築就一整棟遷移至新郊。韋德出身於洛杉磯的一個古老家族，說不定就是在這座老宅裡出生的，只不過彼時它還座落在西亞當路，或費格羅路，或聖詹姆斯公園道。

車道上已經停了兩輛車，一輛私人大轎車和一輛警車。有個制服司機正倚著後擋泥板抽菸欣賞月色。歐斯走過去和他聊了幾句，司機探頭朝歐斯車裡的那小子張望了一下。

我們走到房子前，按下門鈴。開門的是個頭髮梳得油光發亮的金髮男子，他引我們走過走廊，穿過一間擺滿了笨重深色家具的寬敞下沉式起居室，來到另一側的走廊。他停在一扇門前，敲了幾下，隨後進去撐住門，請我們踏入一間鑲著牆板的書房。書房盡頭是一扇敞開的法式落地窗，外面花園一片幽暗，樹木影影綽綽，潮濕的泥土氣息混雜著花香飄進窗口。牆上掛著已褪色的大幅油畫，周圍擺著幾張安樂椅，一些書籍，一股上等雪茄的菸味與潮濕的泥土氣息和花香交織，瀰漫在房間裡。

塔格．韋德坐在書桌後面，是個已顯福泰的中年男子，一對清澄的藍眼睛盡量擺出友善而實際毫無情感的表情。他面前擺著一杯黑咖啡，整潔而修剪細緻的左手手指間夾著一支斑紋細雪茄。書桌一角的藍皮椅上還坐著另一個人，目光冷漠，臉龐稜角分明，瘦得像一把耙子，神態嚴苛得像貸款公司經理。他那張保養得當的臉修得乾乾淨淨，好像一個小時前才刮過鬍子。他穿著筆挺的棕色西裝，領帶上別著一顆黑珍珠。他的手指修長，略帶神經質，屬於頭腦機敏的類型，一副準備隨時應戰的姿態。

歐斯拉了張椅子坐下，「晚安，康傑格。這位是菲力普．馬羅，私家偵探，他遇上一些麻煩事。」歐斯咧嘴一笑。

康傑格看看我，頭也沒點一下。他打量了我一番，好像在看一張照片，然後他才把下巴略微點了點。韋德說：「坐，馬羅。我正要和康傑格組長談事情，不過你也知道是怎麼回事，現今這是座大城市了。」

我坐下，點了根菸。歐斯望著康傑格問：「藍道路命案有什麼發現？」

臉龐瘦削的男人用力扯著手指，關節咔咔作響。他眼皮也不抬地說：「一具屍體，身中兩彈，兩把沒開過火的手槍。我們在樓下街上逮到一個金髮女郎，她正急著發動一輛不屬於她的車。她自己那輛就停在旁邊，同一款車型。見她一副驚慌失措樣，我的手下就把她帶了回來，她全都招了。那個叫波第的傢伙中彈時，她就在場，聲稱沒看到兇手的樣子。」

「就這些？」歐斯問。

康傑格眉毛稍稍一挑，「才一個小時前的事，你還指望什麼……一部謀殺片？」

「總該有對兇手的特徵描述之類？」歐斯說。

「一個個子很高穿著短皮衣的傢伙……如果這算特徵描述的話。」

「他就在外面我那輛破車裡，」歐斯說，「銬上了。馬羅替你們逮到他了。這是他的槍。」歐斯從口袋裡掏出那少年的自動手槍，往韋德的書桌角上一放。康傑格瞥了槍一眼，但沒去碰。

韋德嘿嘿一笑，往後靠向椅背，嘴裡啣著那支斑紋雪茄，噴出一口煙來。然後他湊身向前啜了口咖啡，從身上小禮服口袋裡抽出一條絲質手帕，在嘴唇上沾了沾，再把它塞回去。

「還有兩樁命案牽涉其中，」歐斯說，掐掐下巴尖上的軟肉。

康傑格身體明顯一僵，乖戾的眼神凝成兩道冷峻的光。

歐斯說：「你有沒有聽說，今早在利都港外的太平洋撈起一輛車，裡面有個死人？」

康傑格說，「沒聽說。」還是那副令人嫌惡的樣子。

「車裡的死人是有錢人家的司機，」歐斯說，「這家人因為其中一個女兒的事遭到勒索。韋德便向這家人推薦了馬羅，我牽的線。馬羅處理這事情算是小心謹慎，毫不聲張。」

「我就喜歡這種辦謀殺案也不聲張的私家偵探，」康傑格沒好氣地吼起來，「這件事，你他媽的不必這麼拐彎抹角。」

「不錯，」歐斯說，「我的確用不著他媽的拐彎抹角。我他媽的也很少有機會和市警拐彎抹角。我的時間全花在告訴他們，腳應該往哪裡放才不會扭斷腳踝了。」

康傑格的尖鼻子登時變白了，安靜的房間裡只聽到他細微的嘶嘶喘息聲。他異常平靜地說：「不必勞您大駕告訴我的手下該把腳放哪裡，聰明的傢伙。」

「咱們走著瞧吧。」歐斯說，「我剛提到的那個在利都港溺死的司機，昨天晚上在你的管轄區開槍殺了一個人。一個叫蓋格的傢伙，他在好萊塢大道上的一家書店裡經營色情刊物。蓋格和外面我車上的那個小混混住在一起，我指的是同居，你懂我的意思吧。」

這回康傑格直直地盯住他。「聽起來接下去的故事會變得很齷齪。」他說。

「依我的經驗，絕大多數的警察故事都是如此。」歐斯低吼道。他轉向我，眉毛根根豎起，「該你播報了，馬羅。講給他聽。」

我講了一遍給他聽，事情的來龍去脈。

不過我有意略去兩件事沒提，其中一件當時也不清楚為何要略過。我沒提卡門去了波第的公寓，也沒提那天下午艾迪・馬仕去過蓋格的房子。其餘的事我都照實和盤托出。

我講話時，康傑格始終死死盯住我的臉，不曾有一絲表情。我說完後，他陷入徹底的沉默，足足有一分鐘。韋德同樣緘口不語，啜了幾口咖啡，輕輕抽著他那支斑紋雪茄。歐斯則凝視著自己的一根大拇指。

康傑格緩緩靠向椅背，抬起一隻腳，把腳踝翹在另一條腿的膝蓋上，用瘦長而神經質的手摩挲著踝骨。他瘦削的臉上眉頭緊鎖，神色凝重。他用一種致命的客氣口吻說：「這麼說，你幹的所有好事就是對昨晚的命案隱瞞不報，今天又花了一整天時間四處刺探，好讓蓋格的這個少年有機會在今晚犯下第二起凶殺案。」

「就是這樣，」我說，「我的處境相當艱難。我想我犯了錯，但我想保護我的客戶，而且我也沒理由料到那小子會跑去幹掉波第。」

「這種事應該交給警方來推斷，馬羅。如果昨晚你報告了蓋格的凶案，那些書就根本不會從書店運去波第的公寓，那少年也就不可能跟著書追到波第，更不會把他殺掉。就算波第早晚也會沒命，他們這種人通常如此，但人命總歸是人命。」

「沒錯，」我說，「等下回你的警員們在巷子裡射殺哪個因為偷了備胎而嚇得沒命奔跑的小賊時，記得把這話講給他們聽。」

韋德雙手砰地一聲拍在桌上。「夠了，」他厲聲喝道，「馬羅，你憑什麼如此確定是泰勒這小子殺了蓋格？即便我們在泰勒身上或是他車裡找到槍擊蓋格的那把槍，也不能就此斷定兇手必然是他。那把槍也可能是別人蓄意栽贓……譬如波第，他才是真正的兇手。」

「是有操作的可能性，」我說，「但從倫理道義上說不通。它需要假設太多巧合，太多情形違背波第和他女友的個性，也違背他的初衷。我和波第長談過，他是個騙徒，但不是行凶殺人的那一類。他有兩把槍，可沒一把帶在身上。他一心想找機會插手蓋格的生意，當然是從他女友那裡聽說了內情。他說他會不時監視蓋格，想知道對方是不是有強硬的靠山。我相信他的話。我們可以假定他為了取得書而殺掉蓋格，然後帶著蓋格剛拍好卡門．史坦梧的裸照逃離現場，隨後把槍栽贓給歐文．泰勒，再把泰勒推下利都港，這裡面的假定也實在太多了。泰勒有動機，他因妒生恨，並且有殺蓋格的時機。他擅自開走史坦梧家的轎車。他當著女孩的面開槍殺了蓋格，哪怕波第有膽量殺人，他也絕對不會這麼做。然而泰勒會，那些裸照正是刺激他這麼做的原因。」

韋德暗笑，斜睨著康傑格。康傑格哼了一聲，清了清喉嚨。韋德問：「藏匿屍體又是怎麼回事？我想不通這裡面的門道。」

我說：「那少年還沒告訴我們，不過肯定是他做的。波第不可能在蓋格被槍殺後再進去他家。一定是在我送卡門回去的那段時間裡，那少年回到了家。他那種人當然會怕警察，他很可能認為，在抹乾淨自己的所有痕跡之前，先把屍體藏起來比較好。從地毯上的拖痕可以判定，他先把屍體拖到前門，很可能放進了車庫，然後他把自己的家當打包搬走。過了一陣子，在深夜，屍身還沒有僵硬的某個時刻，他突然對自己心生厭惡改變主意，認為沒有善待死去的朋友。於是他又回去把蓋格放在床上。當然，這一切都只是我的猜測。」

韋德點點頭。「然後今天早上他跑去書店，裝作什麼事也沒發生過，卻張大眼睛警戒著。當波第把書運走後，他查出書的去向，便推斷得到書的人是為了此目的而殺人的。他對波第和他女友的底細知道得很可能遠遠超出他們的預想。你怎麼看，歐斯？」

歐斯說：「我們會查清楚……但這無助於解決康傑格的問題。讓他難以釋懷的是這一切都在昨晚發生，可他剛剛才得到消息。」

康傑格沒好氣地說：「至於這點，我想我自會找到辦法解決。」他狠狠瞪了我一眼，旋即移開視線。

韋德揮揮雪茄說：「我們看看證物吧，馬羅。」

我掏空衣兜，把物件全攤在書桌上：三張借據，蓋格給史坦梧將軍的名片，卡門的裸照，以暗碼列滿姓名和地址的藍色筆記簿。蓋格的鑰匙我已給了歐斯。

韋德看著我攤出來的物件，輕緩地噴出一口煙。歐斯點了支小雪茄，平靜地朝天花板吐著煙圈。康傑格靠著桌沿，看著我拿給韋德的東西。

韋德用指尖點了點卡門簽名的那三張借據說：「我猜這些只是誘餌。如果史坦梧將軍付錢，那表示他擔心有更糟糕的事情發生，那時蓋格就會步步緊逼。你知道他擔心的是什麼嗎？」韋德看著我。

我搖搖頭。

「所有的相關細節你全照實說明了嗎？」

「略過了兩個私人問題。我有意對此有所保留，韋德先生。」

「哼！」康傑格嗤之以鼻，意味深長地哼了一聲。

「為什麼？」韋德平靜地問。

「因為我的雇主有權受到保護，除非要面對大陪審團的裁決，否則我是不會說的。我是持有執照的私家偵探。我認為『私家』二字是有特定意義的。好萊塢警察局手上有兩樁謀殺案，兩樁都破案了。兩個兇手都抓到了。每樁案子的殺人動機和凶器也都已查明。基於涉及人士的名聲考慮，勒索案的部分不應當張揚出去。」

「為什麼？」韋德又問。

「沒關係，」康傑格冷冷地說，「我們很樂意當他這種有名私家偵探的助手。」

我說：「給你們看樣東西。」我起身走出宅子，到我的車子裡取出從蓋格書店得來的那本書。穿警察制服的司機就站在歐斯的車旁。那少年坐在車裡，斜靠著一角。

「他說了什麼嗎？」我問。

「他示意過我，」警察啐了口口水，「我沒搭理他。」

我返回書房，把書放在韋德的桌上，打開包裝。康傑格正在桌子另一端打電話。

看到我進來，他掛掉電話，坐了下來。

韋德板著臉翻覽了全書，然後把書闔上，推過去給康傑格。康傑格翻開它，看了一、兩頁，旋即闔上，面頰上現出兩塊五角錢大小的紅暈。

我說：「看看卷首空頁上蓋的那些日期。」

康傑格重新翻開書，看了看日期，「怎樣？」

「必要的時候，」我說，「我可以出庭作證，這本書來自蓋格的店鋪。那個金髮女郎，艾格妮，會承認書店到底做的是哪一門生意。任何明眼人都可一眼看出，那間店不過是某些行業的幌子。但好萊塢警方卻基於某些自己的理由，允許它經營。我敢說，大陪審團會很有興趣聽聽那些理由。」

韋德咧嘴一笑。他說：「確實，大陪審團有時會問些令人尷尬的問題……白費力氣地想要弄明白現在城市為什麼是按照這種方式在運轉。」

康傑格猛然起身，戴上帽子。「看來我在這裡是一對三，」他厲聲說，「我是負責刑案的。就算這位蓋格在經營不檢點的印刷品，也跟我毫不相關。不過我也承認，如果把這件事登上報紙，鬧得沸沸揚揚，對我的部門也沒有什麼好處。你們這幾個傢伙要怎麼樣？」

韋德瞧著歐斯。歐斯平心靜氣地說：「我要把一名罪犯交給你。走吧。」

他站起身。康傑格怒沖沖地瞪了他一眼，昂首闊步地踏出房間，歐斯隨後。門又關上了。韋德輕輕敲著桌面，清澄的藍眼眸定定地望著我。

「你應該了解警察會怎樣看待這種刻意隱瞞，」他說，「你必須把全部詳情做個記錄……至少存檔。我認為也許有辦法把這兩起謀殺案分別處理，並且都不提及史坦梧將軍的名字。知道為什麼我沒揪掉你的一隻耳朵嗎？」

「不知道。我本以為兩隻耳朵都會不保。」

「你這麼幹是能得到什麼？」

「二十五美元一天，外加相關開銷。」

「那到目前算來，總共是五十美元和一點汽油費。」

「差不多吧。」

他把頭傾向一邊，抬起左手，用小指指背蹭著下巴。

「為了這麼一點錢，你情願惹毛郡裡一半的警察？」

「我並不願意這麼幹，」我說，「可是我能怎麼辦？我在辦一件案子。為了謀生，我出賣僅有的那點本事。上帝賜給我的一點膽量和智慧，以及為了保護雇主而甘願任人擺布的決心。今天晚上，我在尚未徵求將軍意見的情況下就吐露了這麼多，這已經違背了我的原則。至於隱瞞，你知道我自己也在警察局當過差。在隨便哪個大城市，這種事情都司空見慣。如果一個局外人想要隱瞞什麼，警察就會煞有介事，立刻大做文章，可若是為了照顧朋友情面或是討好有點影響力的人，他們自己還不是經常照辦。況且我的事還沒了，我還得繼續辦我的案子。如果有必要，我還會做出相同的事。」

「前提是康傑格沒有吊銷你的執照，」韋德咧一咧嘴，「你剛剛說有兩個私人問題沒有透露。重要嗎？」

「我的案子還沒辦完呢。」我說著，和他四目相對。

韋德對我笑了。他擁有愛爾蘭人那種大膽而坦率的笑容，「我跟你說，孩子。我父親曾經和老史坦梧是密友。我已經在職權許可的範圍內……也許還遠不止於此……盡我所能不讓老人家傷心。但這終究不是長久之計。他那兩位千金遲早會惹出無法掩蓋的大麻煩，尤其是那個金髮小丫頭。她們實在不該這麼到處放浪。這要怪老人家自己，我猜他並不知曉如今的世界是個什麼樣子。另外，既然我們現在是開誠布公的男人間的談話，我也沒必要對你大呼小叫，還有件事不妨也跟你一提。我敢以一美元賭一毛加拿大幣，將軍憂心他的女婿，那個以前賣私酒的，多少和這件事有些牽扯，將軍真正希望你查出來的是證實他與這些並無瓜葛。對此你有什麼想法？」

「據我了解的情況，雷根不像是搞勒索的那種人。他已經鑽進了安樂窩，卻又棄它而去。」

韋德哼了一聲。「到底有多安樂，你我都無從斷定。如果他是某類人，那恐怕就不會太安樂。將軍有沒有告訴你，他在找雷根？」

「他說他希望知道雷根的下落，但願他平安無事。他喜歡雷根，而雷根沒跟老人家告別就一走了之，讓他很傷心。」

韋德靠回椅背，皺起眉頭，「原來如此。」他的聲音有些不同。他伸手挪動桌面的東西，把蓋格的藍色記事簿放到一邊，將其餘證物推還給我。「這些你不妨拿走，」他說，「它們對我沒有用處。」

19

時間將近晚上十一點鐘，我停好車，繞到赫伯阿姆斯大樓的前門。玻璃門在十點鐘就鎖上了，我只好掏出自己的鑰匙。空蕩蕩的方形大廳裡，一名男子把綠色晚報放在一盆棕櫚樹旁，又將菸頭彈進樹盆裡。他站起身，朝我揮揮帽子，「老闆想找你談談。你可真會讓朋友等啊，夥計。」

我站定看著他的塌鼻子和小牛排似的耳朵。

「什麼事？」

「管那麼多幹嘛？只要你別招惹是非，就萬事太平。」他的外套敞著，一隻手往最上面的扣眼摸去。

「我一身警察味，」我說，「我已經累到沒法說話，沒有胃口，也沒力氣思考。不過你要是覺得我還沒累到沒法聽從艾迪・馬仕的命令……趁我把你那隻好耳朵射飛前，趕緊拔槍吧。」

「呸，你根本沒帶槍。」他直直地盯著我，鋼絲般的深色眉毛擰在一起，嘴角下撇。

「那是上次，」我告訴他，「我可不是次次赤膊上陣。」

他擺擺左手，「好吧，算你贏。他沒讓我動傢伙。你會收到他消息的。」

「現在還不到時候。」我說。他朝門口走去，從我身邊經過時，我緩緩轉過身。

他打開門，頭也不回就走掉了。我咧咧嘴，暗自笑著自己的傻勁兒，走進電梯，上樓回到我的公寓。我從口袋裡掏出卡門的小手槍，衝著它大笑了幾聲，隨後我把手槍徹底清乾淨，上了油，用一片絨布包好，鎖了起來，再給自己調了杯酒，正喝著，電話鈴響了起來。我坐到擺放電話的桌子旁。

「聽說你今晚很強硬啊。」是艾迪．馬仕的聲音。

「又狂，又橫，又強硬，而且渾身帶刺。請問有何能為您效勞？」

「條子去那邊了……你知道我指哪裡。你沒把我扯進去吧？」

「提了又何妨？」

「我可是個以善還善，以怨報怨的人，小兵。」

「仔細聽聽，你會聽到我的牙齒都在喀喀打顫了。」

他冷冷一笑，「你沒提我……還是提了？」

「沒提。真該死，我自己也不曉得為什麼。可能即便不扯進你，事情也夠複雜了。」

「多謝，小兵。誰把他幹掉的？」

「明天看報紙吧……或許報上會登。」

「我現在就想知道。」

「你要什麼就有什麼嗎？」

「未必。這算是回答嗎，小兵？」

「一個你從沒聽說過的傢伙殺了他。沒什麼好再深究的了。」

「如果這是實話，有朝一日我會還你這個人情。」

「那就掛掉電話吧，讓我上床睡覺。」

他又笑起來，「你在找拉斯帝．雷根，沒錯吧？」

「似乎很多人都認為我在找他，其實我並沒有。」

「如果你真在找他，我可以提供一條線索。有空來海邊找我，隨時歡迎，我很樂意見到你。」

「也許吧。」

「那就後會有期了。」電話咔嗒掛斷了，我手握聽筒，以極大的耐性克制自己坐在那裡。然後我撥通了史坦梧家的號碼，電話響了四、五聲後，傳來管家彬彬有禮的聲音：「這裡是史坦梧將軍府。」

「我是馬羅。記得嗎？我們大概一百年前見過……或者是昨天？」

「是的，馬羅先生，我當然記得。」

「雷根太太在家嗎？」

「在，我想她在家。您要不要……」

我突然改變心意，打斷他說，「不必了。替我傳個口信，就說照片在我手上，全部照片，一切都沒問題了。」

「好……好的……」他的聲音似乎有點顫抖，「照片在您手上……全部照片……

一切都沒問題……好的，先生。請容我說一句……非常感激您，先生。」

五分鐘後，電話打了回來。我已經喝完那杯酒，它讓我覺得可以吃得下已經被我徹底遺忘的那頓晚餐了；我兀自出了門，任電話鈴響去。回來時，鈴聲依舊響個不停，就這樣時斷時續響到十二點半。我熄了燈，打開窗戶，用一張紙蒙住電話，上床就寢。我滿肚子都是史坦梧家的那些事。

第二天早晨，我邊吃雞蛋和培根，邊把三份早報都讀了一遍。跟所有的新聞報導一樣，報上對這些案子的描述跟事實相當貼近……也只差了火星到土星的距離吧。三篇報導都沒有把利都港自殺的司機歐文．泰勒與月桂峽谷異域小屋謀殺案聯繫在一起；也沒有一篇報導提及史坦梧家，勃尼．歐斯或者我。歐文．泰勒是「一名有錢人家的私人司機」，兩起命案的破獲，全都歸功於所屬轄區好萊塢分局的康傑格組長。案件據稱與一家通訊社的利益糾紛有關，該通訊社由一個名叫蓋格的人在好萊塢大道的書店隔間經營。波第槍殺了蓋格，卡羅．葛蘭安為報復又槍殺了波第。警方已將卡羅．葛蘭安予以羈押，他對所犯罪行供認不諱。他有前科……很可能是高中時代留下的。警方還拘押了一位名為艾格妮．樓茲爾的女子，她是蓋格的祕書，案件的關鍵證人。

這是篇頗為精采的報導。讀後的印象是蓋格在前一晚被殺，一小時後，波第便死於非命，而那位警長康傑格只用了一袋菸的工夫，便破解了兩起命案。泰勒自殺事件刊登在第二版首頁。報上附了幅照片，是那輛轎車停在機動駁船的甲板上，車牌被塗黑，踏板旁的甲板上平躺著一個以布覆蓋的物體。歐文．泰勒近來情緒低落且健康狀況不佳。他的家人住在迪比克，遺體將用船運回家鄉。無須驗屍。

20

失蹤人口調查局的葛雷高利隊長把我的名片放在他寬敞光潔的桌子上，再調整到邊緣剛好與桌子邊線平行的位置。他側著頭端詳名片，嘴裡嘟囔著，坐在旋轉椅裡轉向窗戶，望著半個街區之遙的裝設著柵欄的司法局頂層。他身材魁梧，眼神疲憊，動作遲緩而審慎，活像個守夜人。他的聲音呆板毫無起伏，淡漠無味。

「私家偵探，呃？」他說著，沒瞧我一眼，只是望向窗外。他的犬齒懸著燻黑的石楠木菸斗，縷縷煙霧悠悠飄起。「有何貴幹？」

「我在替西好萊塢市阿爾塔布雷亞彎道三七六五號的蓋．史坦梧將軍辦事。」

葛雷高利隊長叼著菸斗，嘴角吐出一縷煙來。「辦什麼事？」

「未必和你手上辦的完全一樣，但我很感興趣。我想你或許能幫到我。」

「幫你什麼？」

「史坦梧將軍是個有錢人，」我說，「地方檢察官的父親是他的老朋友。假如他想僱人專職替他打點事務，並不代表對警方有意見，僅僅是他花得起這份奢侈罷了。」

「你憑什麼認為我在替他做事？」

我沒回答。他坐在旋轉椅裡沉重而緩慢地轉回來，兩隻大腳平放到鋪在地板上的光禿油氈上。他的辦公室溢散著一股多年來例行公事的陳腐氣味。他盯著我，目光陰沉。

「我不想浪費你的時間，隊長。」說著，我把椅子向後一推……約有四吋遠。

他沒動，依然用倦怠而疲憊的雙眼瞪著我。「你認識地方檢察官？」

「見過面，還曾在他底下做事。我和他的調查組組長勃尼．歐斯是老相識了。」

葛雷高利隊長伸手拿起電話，對著話筒嘟囔了一句：「給我接地方檢察官辦公室的歐斯。」

他坐著，手抓著話筒壓在電話基座上不放。分秒流逝。他的菸斗上煙圈裊裊。他的眼睛就像那隻手，重得一動不動。鈴聲響起，他伸出左手捏起我的名片。「歐斯？

我是總局的艾爾．葛雷高利。一個叫菲力普．馬羅的傢伙在我辦公室裡。名片上寫著他是私家偵探。他想從我這裡打聽點兒消息……是嗎？他長相如何？……好的，謝謝。」

他放下電話，從嘴裡拔出菸斗，用一枝粗鉛筆的黃銅筆帽壓實菸絲。他做得小心而莊重，彷彿這件事的重要性絲毫不遜於他當天的任何一樁公務。他靠回椅背，又打量了我一陣。

「想知道什麼？」

「你們目前的進展，如果有的話。」

他沉思了片刻。「雷根？」最後他問道。

「當然。」

「認識他？」

「從沒見過。聽說是個英俊的愛爾蘭人，將近四十歲，曾經做過私酒買賣，娶了史坦梧將軍的長女，兩人合不來。他們告訴我，他大約一個月前失蹤了。」

「史坦梧應為此感到慶幸，何必僱個私人探子在蒿草叢中四處尋探？」

「將軍非常欣賞他。這種事並不罕見。老人家癱瘓，不良於行，非常寂寞。雷根經常陪他聊天，伴他左右。」

「你認為有什麼事你能辦到而我們卻不能？」

「就尋找雷根這件事來說，確實沒有。但還有一件頗為詭祕的勒索事件，我想確認雷根沒有牽涉在內。若知道他在哪裡或不在哪裡，或許對我有幫助。」

「想要瞞過你們可不容易吧，隊長？」

「老弟，我倒是想幫你，但我不知道他在哪裡。他落幕退場了，就是這麼回事。」

「沒錯……不過還是有可能……但也只能暫時躲過。」他按了下桌子側面的按鈕，一個中年女人從側門探頭進來。「把托藍斯·雷根的檔案拿給我，愛芭。」

門關上了。葛雷高利隊長和我在更沉悶的靜默裡四目相對。門又開了，那個中年女人將一份貼著標籤的綠色檔案放在桌上。葛雷高利隊長點頭示意她離開，然後往青筋凸起的鼻子上架了一副厚重的角質鏡架眼鏡，緩緩翻閱著檔案裡的文件。我拈著一根菸，在手指間打轉。

「他是九月十六日走掉的，」他說，「唯一重要的線索是當天司機放假，也沒有人看到雷根開車出去。不過，那肯定是黃昏時分的事情。四天後我們在日落大廈附近一處豪華別墅區的車庫裡發現了他的車子。車庫管理員向車輛失竊處報告，說那輛車不屬於車庫。那地方名叫卡莎第歐若。另外相關的一點，我待會兒就告訴你。究竟是誰把車留在那裡的，我們無法查出。車上也驗不出任何吻合警方紀錄的指紋。雖說有理由懷疑，但車庫裡那輛車並沒有證據顯示牽涉了哪起謀殺案，倒像是和別的案子有關，我這就講給你聽。」

我說：「是跟艾迪・馬仕妻子的失蹤案有關吧？」

他面露慍色。「沒錯。我們調查了別墅區的房客，發現她就住在那裡。她和雷根幾乎同時走掉的，前後沒超過兩天。有人看到一個男人和她在一起，據描述有點像雷根，但無法確切指認。幹警察這行真他媽的有趣，一個老女人望著窗外，碰巧看到一個傢伙跑過去，六個月之後還能從一排嫌疑人裡把他揪出來；而我們拿了一張清清楚楚的照片給酒店員工看，他們卻說不能確定。」

「那是優良酒店服務生的必備資格之一。」

「是啊。艾迪・馬仕和妻子已經分居，但據艾迪說，他們仍維持友好關係。有幾種可能性。首先，雷根身上總是揣著一萬五千元，他們告訴我全是如假包換的真鈔，絕非上面一張鈔票底下一疊爛草紙。那是一大筆錢，不過雷根可能就是喜歡隨身帶著錢，有人看他時就可以掏出來亮一亮。另一方面也有可能是他根本不在乎錢。他太太說除了吃、住之外，他沒從老史坦梧那裡拿過一毛錢，而她也只送過他一輛帕卡德一二〇型轎車。他以前可是個發過橫財的私酒販子。把這兩點放在一起想想。」

「想不通。」我說。

「好吧，我們現在說的是一個離家出走的男人，褲子口袋裡揣著一萬五千元，而且眾人皆知。嗯，那可不是小數目。要是我有一萬五千元，我也會溜掉，哪怕我還有兩個孩子在念中學。因此我們首先想到的是有人想搶他的錢，結果下手太狠，只好把他扔去沙漠，和仙人掌種在一起。但我不怎麼傾向於這個假設。雷根身上有槍，操起來又駕輕就熟，他混過的可不只是一群油頭滑臉的酒販而已。據我所知，早在一九二二年還是什麼時候的愛爾蘭內戰，他指揮過一整支旅。對於盜匪而言，這樣的傢伙不可能是一塊任人宰割的白肉。此外，他的車停在那個車庫裡，搞他的人一定知道他和艾迪．馬仕的妻子有一腿，我猜事實也是如此。但這種事也不是賭場裡隨便一個小混混都知道的。」

「有照片嗎？」我問。

「只有他的，沒那女人的。這一點也很古怪。這件案子有不少有意思的地方。這裡。」他從書桌對面推過來一張光面照片，我看到一張愛爾蘭面孔，哀傷多於歡悅，內斂多於魯莽。不是一張硬漢的臉，也不是一張任人隨意呼來喝去的臉。挺拔的黑色劍眉，突出的眉骨，前額不高卻相當寬闊，一頭濃密的黑髮，窄而短的鼻子，一張闊嘴。下顎線條剛健，但配那張嘴顯得過小。一張看似有些緊繃的臉，這樣的人想必行事果決，全力以赴。我將照片推回去。以後看到這張臉，我會認得。

葛雷高利隊長敲掉菸灰，重新填上菸絲，用拇指摁實。他點上火，噴了一口煙，繼續說下去。

「再說，恐怕還有其他人知道他對艾迪．馬仕的妻子有好感，不僅是艾迪本人而已。奇怪的是，艾迪居然知道。但他好像毫不在意。那陣子我們相當徹底地調查過他的行蹤。艾迪肯定不會出於忌恨而幹掉他，那樣也太過昭然若揭了。」

「這取決於他有多精明，」我說，「也許聲東擊西，假戲真做。」

葛雷高利隊長搖搖頭。「如果他有足夠的腦筋把賭場生意做下去，就不會傻到去幹這種事。我明白你的意思。他之所以故意幹這種蠢事，是因為料定我們不會認為他會幹。從警方的角度看，這推斷是錯誤的，因為他那樣相當於捉了隻蝨子放在自己頭上，引我們盯上他，這會妨礙他做生意。你或許認為這蠢招很高明，我也可以這麼認為，但底下的人可不這麼想，他們會讓他過得很痛苦。我已排除了這種可能性。你若能證明我錯了，我就把這只椅墊吞下去，在那之前，我會認定艾迪是清白的。對他這種人，嫉妒殺人不是個好動機。頂尖騙徒都有生意人的頭腦，他們懂得辦事講求良好策略，絕不感情用事。所以，這點我不予考慮。」

「那你列入考慮的是什麼？」

「那位夫人還有雷根本人，並不牽涉他人。她當時是金髮，但現在應該不是了。

我們沒找到她的車，所以他們八成是開著那輛車離開的。他們比我們展開調查提早了太久……十四天。若非雷根那輛車，我猜我們都不會有這個案子。當然，這種情況我早就習以為常，尤其在上流社會的家族。依樣也不必說，我經手的一切都嚴格保密。」

他靠向椅背，厚實粗大的掌根狠狠捶在旋轉椅扶手上。

「目前除了等待，我看不出還有什麼可做。」他說，「我們已經派出人手在調查，但時間尚短，還沒有結果。我們知道雷根帶著一萬五千塊，那女人也有些錢，或許還有很多珠寶。但他們總有一天會把錢用光。雷根就得去兌現支票，簽下本票，或者寫一封信。他們也許會住在陌生的城鎮，改名換姓，但舊習慣是改不掉的。他們有朝一日會在財務系統中冒出頭來。」

「那女人嫁給艾迪．馬仕之前是做什麼的？」

「唱情歌的。」

「連一張她從業時的照片都搞不到嗎？」

「搞不到。艾迪肯定有幾張，但他不會拿出來的。他不想追究她，我沒法強迫。他在城裡有些朋友，不然怎麼會有現在的光景。」他嘟囔著，「這些消息對你有用嗎？」

我說：「這兩個人你誰也找不到了。太平洋離這裡太近。」

「我剛說吞椅墊的話依然算數。我們會找到他的。也許要花些時間，說不定一兩年。」

「史坦梧將軍可能活不到那麼久。」我說。

「我們已經盡力了，老弟。如果他願意懸賞尋人，花上點錢，我們或許可以有些成果。市政府收入不少，但沒給我們這筆開銷，」他的大眼睛注視著我，雜亂的眉毛挑動了一下，「你當真認為艾迪把他們兩個做掉了嗎？」

我大笑，「沒有，只是開個玩笑。我的想法和你一樣，隊長。雷根和一個女人跑了，對他而言，那女人比他那個合不來的有錢妻子重要。況且，他妻子目前還不算有錢人呢。」

「這麼說，你見過她？」

「沒錯。她可以令你過一個奔放愉悅的週末，但若天天在一起就會膩煩了。」

他哼了幾聲，我謝謝他的撥冗招待以及提供的消息，然後告辭。一輛灰色普利茅斯轎車尾隨我離開市政府。我故意在一條靜僻的小巷讓它有機會跟上來，可它不領情，於是我甩掉它，忙自己的事情去了。

21

　　我沒再往史坦梧家開去。我回到自己的辦公室，坐在旋轉椅上，翹起二郎腿偷閒。陣陣疾風從窗外吹來，隔壁旅館油爐的煤煙倒灌進房間，在桌上翻滾而過，猶如風滾草飄盪過一片空地。我考慮著是否要出去午餐，思忖著生活如此單調乏味，即便我去喝一杯也難有改觀，而且在這種時間自斟自酌也全無樂趣可言。我正琢磨著這些，諾里斯來電，他以字斟句酌的禮貌口吻說史坦梧將軍身體欠安，囑人讀了報紙上某幾條新聞之後，將軍認為我的調查工作到此已經完成。

　　「的確，就蓋格而言已經結束，」我說，「你知道的，我沒向他開槍。」

　　「將軍並不認為是您所為，馬羅先生。」

　　「將軍知道雷根太太擔憂的那些照片嗎？」

　　「不，先生。絕對不知道。」

　　「你知道將軍曾交給我什麼東西？」

　　「知道，先生。三張借據和一張名片，我想。」

　　「沒錯，我會歸還。至於照片，我想直接銷毀比較好。」

　　「非常好，先生。雷根太太昨晚打過好幾次電話找您……」

「我出去買醉了。」我說。

「是的，我相信這很有必要，先生。將軍指示我開一張五百美元的支票給您。這數目您還滿意嗎？」

「慷慨之至。」我說。

「那麼是否可以冒昧地認定這件事就此了結了？」

「噢，當然。而且就像封在一個定時鎖已鏽死的金庫裡一樣嚴密。」

「謝謝您，先生。我確信我們所有人都感激不盡。等將軍感覺稍好些……可能明天……他希望當面表達謝意。」

「好的，」我說，「屆時我再過去品嚐他的白蘭地，也許可以兌上一些香檳。」

「我會妥善冰好以恭候。」這老僕人說道，語氣裡幾乎摻著一抹得意的壞笑。

就是這樣了。我們互道再見，掛斷電話。隔壁咖啡館的香氣隨著煤煙飄進窗戶，卻絲毫沒誘發我的食慾。我乾脆取出辦公室的威士忌喝了起來，任我的自尊恣意馳騁。

我屈指盤算。拉斯帝・雷根撇著一大筆錢財和漂亮妻子不要，寧可跟一個不清不楚、好歹算是黑幫大佬艾迪・馬仕之妻的金髮女人浪跡天涯。他突然不辭而別，其中多少有些緣故。將軍初次接見我的時候，過於自傲，或者說，過於謹慎，不願告訴我失蹤人口調查局已經著手調查。失蹤人口調查局已然走進死胡同，顯然不認為這個案子值得再去追究。雷根幹了他自己想幹的事，與人無尤。我贊同葛雷高利隊長的看法，艾迪・馬仕不太可能因為別人和他已分居的金髮妻子關係親密，就把這兩人都幹掉。他也許會頗為惱火，但生意畢竟是生意，在好萊塢混，滿街都是金髮女人，你得咬緊牙關才能避免沾惹上。當然，如果牽涉到一筆鉅款，那又另當別論。但一萬五千塊在艾迪・馬仕眼裡不算什麼大錢，他可不是波第那種為了幾毛錢就絞盡腦汁的小角色。

蓋格死了，這下卡門得去找其他下三濫角色陪她共飲異國雞尾酒了。我不覺得她會遭遇任何困難。她只要隨便找個角落站上五分鐘，擺出羞答答的模樣就行了。我只希望下一個對她下餌的騙子能稍微客氣些，線放得稍微長些，不要太性急。

雷根太太和艾迪・馬仕熟到可以向他借錢。假如她玩輪盤賭，又是個常敗將軍的話，這倒也順理成章。任何一家賭場的老闆都樂意在緊要關頭借錢給好主顧。除此之外，在雷根這件事上，他們還有進一步的利害關係。雷根是她的丈夫，卻跟艾迪・馬仕的妻子跑了。

卡羅・蘭葛安，那個語彙有限的殺人犯少年，即使他們不把他綁在椅子上，下面擱上一大桶氰化氫，也要從社會消失很長、很長一段時間了。他們不會判他死刑，因為他會認罪以求輕判，替郡政府省了錢。那些沒錢僱大律師的人都是如此。艾格妮．樓茲爾作為關鍵證人被羈押了。要是卡羅認罪，他們就用不著她作證；要是他在提審時認罪，他們就會放她走。他們不想在蓋格的案子上旁生枝節，除此之外，他們也沒有她的任何把柄。

只剩下我了。我隱瞞了一起謀殺案，私藏罪證超過二十四小時，但我依然逍遙法外，還有一張五百元的支票即將到手。要是我夠聰明，就該再來一杯酒，然後把整個爛攤子拋諸腦後。

既然這是顯而易見的聰明之舉，我乾脆打電話給艾迪．馬仕，表示我晚上要去拉斯歐林達找他談談。我就是這麼聰明。

我大約在九點鐘抵達，十月間冷月高懸，在海灘上空的薄霧中時隱時現。絲柏枝俱樂部位於拉斯歐林達的盡頭，這棟大而無當的宅邸曾是一個名叫迪卡森的有錢人的夏季居所，後來用作旅館，如今只是座陰暗的大房子，外表破破爛爛，包圍在一大片被風吹得歪七扭八的濃密蒙特利種絲柏樹叢裡，賭場也因此而得名。渦卷雕花的巨大門廊，各處聳立的角樓，寬敞的窗戶旁裝飾著的彩色玻璃，房子後面空蕩蕩的大馬廄，無一不透出懷舊的破敗氣息。艾迪．馬仕基本維持了大宅的原樣，並沒把它翻新成米高梅電影布景的富麗堂皇樣。我把車停在一條弧光燈劈啪作響的街上，沿著一條濕漉漉的砂石路走到正門入口。一名穿雙排釦制服的門僮把我領進一間昏暗靜謐的寬敞大廳，廳裡一座白橡木樓梯威嚴地彎向黑森森的二樓。我把帽子和外套交給衣帽間保管，靜靜等待，聽著厚實的雙開門後面傳來的音樂聲和嘈雜人聲。那些聲音似乎離得很遠，跟這棟房子本身完全不屬於同一個世界。不一會兒，曾經與艾迪．馬仕以及打手一起出現在蓋格家的那名臉色蒼白的金髮瘦子從樓梯下的一扇門走出來，對我桀驁冷笑，回身帶我穿過一條鋪著地毯的走廊，走去他老闆的辦公室。

這是一個方方正正的房間，深嵌的老式凸窗，石砌的壁爐裡杜松木塊正懶洋洋地燃著火苗。牆壁鑲著胡桃木牆板，牆板上方裝飾著一道褪了色的錦緞。天花板挑高寬敞，空氣浮著一股寒冽的海水氣味。

艾迪．馬仕的深色啞光書桌與這個房間格格不入，不過一九〇〇年以後製造的任何物件都與這個房間不般配。地毯是佛羅里達的日曬棕色，角落裡擺著一架吧台用收音機，一只銅盤上托著一套塞弗勒陶瓷茶具，旁邊是一具俄式茶炊。我琢磨著那是給誰準備的。屋角有一扇門，門上裝著定時鎖。

艾迪．馬仕熱絡地朝我咧嘴一笑，握握手，下巴往金庫的方向一揚。「要不是那玩意兒，在這群盜賊黑幫裡混，我簡直無法招架啊。」他得意洋洋地說，「本地的警察們每天上午都順道過來，看著我打開金庫。我們有個約定。」

「你在電話裡表示有什麼可以提供給我，」我說，「是什麼？」

「急什麼？喝杯酒，坐下談。」

「一點兒也不急。只是你我之間除了生意沒啥可談。」

「喝一杯吧，一定合你口味。」他說。他調了兩杯酒，把我那杯擺在一張紅色皮椅旁，自己則靠著桌子，雙腿交叉站著，一隻手插在午夜藍晚宴外套口袋裡，拇指露在外面，指甲熠熠發亮。他穿晚宴服看上去比穿灰色法蘭絨西裝霸氣些，不過依然像個騎師。我們喝了口酒，彼此點點頭。

「之前來過這裡嗎？」他問。

「禁酒時期來過。我對賭博絲毫提不起勁。」

「只是為了錢的話，」他微笑道，「你今晚該順便看看。你的一位朋友正在外面押輪盤賭，聽說她今晚手氣不錯。薇安・雷根。」

我啜了一口酒，捏起一根印有他姓名紋飾的香菸。

「我挺欣賞你昨晚的辦事方式，」，他說，「當時你讓我很惱火，但事後再看，就明白你其實是對的。你和我應該合得來。我欠你多少？」

「為什麼欠我？」

「還是很謹慎，嗯？我有內線通總局，否則就不會待在這裡了。我知道案情真相，不是你在報紙上讀到的那些。」他朝我齜出他那口潔白大牙。

「你弄到多少？」我問。

「你指的不是錢吧？」

「依我的理解，是消息。」

「什麼消息？」

「你真健忘。雷根的。」

「噢，那個啊。」他揮揮手，指甲在銅檯燈射向天花板的靜謐光束中閃閃發亮。「聽說你已經得到了他的消息。我想我該給你一筆酬金。我習慣禮尚往來。」

「我開車來這裡不是為了找你討錢的。我做多少賺多少。按你的標準是不多，但也過得去。一次一客戶是個好原則。你沒做掉雷根，是吧？」

「沒有，你認為我殺了他？」

「我不會把你排除在外。」

他大笑起來，「你在開玩笑。」

我也大笑。「當然，我是在開玩笑。我沒見過雷根，但看過他的照片。你手下沒人能幹這活兒。還有，既然我們說到這個話題，別再派拿槍的小混混給我傳話了。我說不定會歇斯底里發作，當場幹掉一個。」

他透過酒杯望了一眼爐火，把杯子放在桌子邊緣，用一塊薄麻料手帕抹抹嘴。

「你說話很在行，」他說，「但我敢說你動起手會更厲害。你對雷根並不是真的有興趣，對吧？」

「對，就業務而言，沒人要求我要有興趣。但我知道有人想知道他的下落。」

「她根本不在乎。」他說。

「我是說她父親。」

他又抹抹嘴唇，然後望向手帕，好像期待在上面發現血漬似的。他濃密的灰眉毛擰成一團，手指摸了摸久經風霜的鼻翼。

「蓋格試圖勒索將軍，」我說，「雖然將軍沒直說，但我覺得他至少有些擔心雷根是在後面參與了此事。」

艾迪．馬仕大笑，「嗯哼。蓋格對誰都使這一招，絕對是他自己的主意。他讓人家寫下看似合法的票據……我敢說確實合法，只是他沒膽量憑這些票據去起訴。他會把票據寄回，寫上幾個漂亮的花體字，手裡不留任何東西。假如被他抽中王牌，對方誠惶誠恐，那他就玩下去；如果沒抽中王牌，他會就此罷手。」

「聰明的傢伙，」我說，「這回他真的就此罷手了。非但罷手，還搭上一條命。你怎麼知道這些的？」

他不耐煩地聳聳肩，「老天哪，巴不得這些消息有一半都別讓我知道。在我這個圈子裡，打聽別人的私事是最壞的投資。如果你要查的只是蓋格，那就這件事而言，你已經了結了。」

「了結了，報酬也結清了。」

「真遺憾。我希望老史坦梧可以用固定薪水僱一個你這樣的小兵，把他的兩名千金看管在家，哪怕一星期只有幾個晚上也好。」

「為什麼？」

他的嘴角露出不悅之色，「她們純粹是麻煩。就說黑髮的那個，她在這裡根本是神憎鬼厭。她若是賭輸了就會索性一輸到底，最後我手上就會捏一大把打多少折扣也沒有人要的票據。她除了每個月的零用錢，名下沒有任何財產，老頭的遺囑裡寫了什麼是個祕密。她若是賭贏了，就會把我的錢帶回家。」

「第二天晚上你又撈回來了。」我說。

「只撈回來一部分。長時間來看，我還是輸家。」

他懇切地望著我，彷彿這番話對我極為重要。我琢磨著為何他覺得有必要告訴我這些事，打個呵欠，拿起酒一飲而盡。

「我出去見識一下你的場子。」

「好的，請便。」他指指金庫旁的一扇門，「那裡通向賭台後面的門。」

「我倒想走冤大頭們進來的路。」

「行，隨你便。我們是朋友了，對吧，小兵？」

「當然。」我站起身，我們握了握手。

「也許哪天我真能為你效勞，」他說，「這回你想知道的都從葛雷高利嘴裡聽到了。」

「如此說來，你也買通了他。」

「噢，沒那麼嚴重。我們只是朋友。」

我盯著他看了一會兒，隨後向我進來的那道門走去。開門時，我又回頭望了他一眼。

「你沒派人開一輛灰色普利茅斯轎車跟蹤我吧？」

他猛然瞪大眼睛，一臉震驚。「見鬼，沒有。我幹嘛跟蹤你？」

「我也無法想像。」我說著，走了出去。我覺得他的訝異看起來真實可信，甚至還流露出一絲憂慮，不知為何。

22

大約十點半，身掛黃色綬帶的墨西哥小樂團總算不再演奏那支音調低沉、矯揉造作且根本無人跟跳的倫巴舞曲。演奏刮葫的樂手緩解痠痛般地搓著指尖，同時叼起一根菸。另外四個樂手不約而同地俯下身，從各自座位下面摸出酒杯，抿上一口，咂咂嘴巴，瞟瞟眼睛。是龍舌蘭，那樣子煞有介事地告訴你，其實很可能只是礦泉水。他們的裝腔作勢和他們的音樂一樣白費工夫，沒人瞧一眼。

這裡曾經是舞廳，艾迪．馬仕為了賭場運營需要，只做了一些必要的改造。沒有炫目的鍍鉻裝飾，沒有屋檐板背後的隱燈，沒有石英玻璃彩畫，也沒有紫羅蘭皮面以及拋光金屬管架做的椅子，看不到任何典型好萊塢夜生活場所的偽現代主義滑稽場面。燈光來自沉甸甸的水晶枝形吊燈，玫瑰紅牆板依舊是當年的玫瑰紅，只因歷經歲月而稍有褪色，因蒙上灰塵而稍顯黯淡。多年前與牆板相映襯的鑲木地板如玻璃般光滑，只有墨西哥小樂團前方的一小塊裸露在外，其餘部分則鋪著厚實的暗玫瑰色地毯，彼時一定所費不貲。地板由十幾種硬木鑲成，由緬甸柚木到六、七種深淺不一的橡木以及類似桃花心木的紅木，顏色逐漸轉淡，最後是加州山丘的淺白色野紫丁香硬木，鋪成精巧雅致的圖案，色彩漸次變化。

它仍不失為一間漂亮的大廳，儘管如今輪盤賭台替代了昔日緩慢從容的老派舞步。大廳盡頭擺了三張桌子，由一道低矮的銅欄杆連在一起，剛好組成莊家身側的圍欄。三張賭台都在開賭，但賭客大多聚在中間那桌。我倚著吧台，手上轉著桃花心木台面上的一小杯百家得蘭姆酒。隔著大廳，能看到薇安・雷根那一頭黑髮正湊在賭台旁邊。

酒保靠在我身旁，望著擠在中間賭台周圍那群衣著光鮮的賭客。「她今天手氣很順，把把讓莊家大出血。」他說，「那個高個子黑頭髮的妞兒。」

「她是誰？」

「我不知道她的名字。不過她常來。」

「見鬼了你不知道她的名字。」

「我只是個打雜的，先生。」他口氣裡全無敵意，「她也是一個人。跟她一起來的那個男人醉倒了，被抬去他自己的車上。」

「我會送她回家。」我說。

「見鬼了你送她。行，總之祝你好運。要不要替你把那杯蘭姆酒兌淡一些，還是你喜歡這樣就好？」

「就這樣，我就喜歡這樣。」

「要我寧可去喝咳嗽藥水。」他說。

人群分散，兩個穿晚禮服的男人擠出來，我在縫隙中瞥見她的後脖頸和裸露的肩膀。她穿著一件暗綠色天鵝絨低胸禮服，就這個場合而言，有點過於講究。人群再度圍攏，掩沒了她，只看得到她的一頭黑髮。那兩個男人穿過大廳，靠上吧台，要了蘇格蘭威士忌加蘇打。其中一人激動到面紅耳赤，他掏出一條黑色鑲邊手帕擦臉，長褲側邊的雙條緞飾寬得好像輪胎印。

「好傢伙，我從沒見過這樣的贏法，」他的聲音顫抖，「十盤連押紅碼，八贏兩平。這是輪盤賭，好傢伙，這是輪盤賭。」

「看得我手癢，」另一個說，「她下手就是一千塊，輸不了。」兩人把鳥嘴塞進酒杯，咕咚咕咚喝完，馬上又走回賭台。

「這兩個小子也算有見識，」酒保拖著長腔說，「一擲千金，嘿。我有次在哈瓦那看見一個馬臉老頭……」

中間那張賭台突然人聲鼎沸，一個帶著外國腔調的清晰聲音壓過眾人高聲說道：「請您耐心稍候片刻，女士，本賭台現在無法接受您的下注。馬仕先生馬上過來。」

我放下蘭姆酒，輕手輕腳踏過地毯。小樂團又開始奏起一曲探戈，聲音相當大，不過沒人跳舞，也沒人打算跳。大廳裡的人群三三兩兩站著，有穿晚宴西裝和晚宴禮服的，也有穿運動服的，還有穿商務套裝的。我經過他們，走向左邊的賭台。這張桌台的賭客已經散盡，兩名莊家站在桌子後面，腦袋湊在一起，目光投向側面。其中一個莊家漫無目的地拿著耙子在空蕩蕩的押注格上掃來掃去。他們都盯著薇安·雷根。

她的長睫毛顫動著，臉色異常蒼白。她站在中央賭台前，正對著輪盤，面前有一堆凌亂的鈔票和籌碼，看起來是一大筆錢。她對莊家拖著長腔，聲音冷淡傲慢帶著怒氣。

「我倒很想知道，這個場子到底有多寒酸。別傻站著，大口袋，趕緊把那個輪子轉起來，我要再來一局，把桌上的賭注全押上。我發現你收錢時手腳很俐落，但該你吐錢時就開始哼哼唧唧。」

莊家露出冰冷而有禮貌的微笑，這個笑容見識過數以千計的粗鄙之人和百萬計的愚蠢之徒。他高大的身姿，黝黑的膚色，冷漠的舉止看似無懈可擊。他正色道：「這張賭台無法接受您的下注，女士，您那裡已經超過一萬六千塊了。」

「這可是你們的錢，」女孩揶揄道，「不想拿回去嗎？」

她身旁一個男人不知跟她說了些什麼，她猛然轉身，朝他啐了一口，他漲紅了臉縮回人群。銅欄杆圈出的那塊地方最裡端牆板上有一道門，這時打開了，艾迪·馬仕走了出來，臉上掛著事不關己的微笑，雙手插在晚宴外套的口袋裡，兩隻閃亮的拇指指甲露在外面。他似乎對這個姿態頗感稱心。他踱去莊家身後，在中央賭台的一角站定。他的聲音慵懶而鎮定，並不似莊家那般客氣。

「有什麼問題嗎，雷根太太？」

她轉臉向他，動作有些突兀。我看到她臉頰線條陡然繃緊，好像情緒正臨近崩潰。她沒搭腔。

艾迪．馬仕嚴肅地說：「玩夠了的話，請允許我派人送您回家。」

那女孩臉一紅，顴骨顯得更加蒼白。接著她怪笑起來，憤憤道：

「再玩一局，艾迪。通通押上，紅色。我喜歡紅色，血的顏色。」

艾迪．馬仕淡淡一笑，點點頭，手伸進內側胸袋，摸出一個四角扣金印有徽章的大皮夾，毫不在意地拋在桌子上，滑到莊家面前。「用千元鈔接她的賭注，」他說，「如果沒人反對，這一盤就專門奉陪這位女士了。」

沒人反對。薇安．雷根俯下身，雙手將她所有贏來的錢一股腦推到紅色大菱形押註格上。

那莊家不疾不徐地欠身，點算她的現金和籌碼，整整齊齊疊成一堆，用耙子把剩下的少許籌碼和零鈔推出賭盤。他打開艾迪．馬仕的皮夾，抽出兩疊平整的千元大鈔。他拆開一疊，點出六張鈔票，跟另一疊未拆開的擺在一起，將剩下的四張散鈔收回皮夾。他把皮夾隨手擱在一旁，好像那只是一盒火柴。艾迪・馬仕沒去碰皮夾。除了莊家，誰都沒有動。莊家左手轉動輪盤，手腕隨意一抖，象牙小球沿著輪盤邊槽輕快地滾動起來。之後，他抽回雙手，交疊抱在胸前。

薇安雙唇緩緩張開直到牙齒逮住了燈光，刀刃般閃亮著。象牙小球懶散地滾下輪盤坡道，在數字上方的鍍鉻棱脊上彈跳。經過很長一段時間，突然發出乾巴巴的一聲咔嗒，小球定住了，輪盤緩慢下來，繼續帶著象牙球一起轉動。直到輪盤完全靜止，莊家才鬆開雙臂。

「紅色贏。」他正經宣布，一派無動於衷樣。象牙小球躺在「紅25」上，自雙零起第三個號碼。薇安・雷根仰起頭，得意地大笑起來。

莊家舉起耙子，把那疊千元大鈔緩緩推過押注格，歸入到她的賭注之中，再緩緩地將它們一起推出賭台。

艾迪・馬仕笑笑，把皮夾收回胸袋，回身穿過牆板上的那道門，離開大廳。

十幾個人這才一同緩了口氣，鳥獸散地走向吧台。我跟著他們散去，趁著薇安還在賭台忙著收攏贏來的錢時，走到賭廳的另一頭。我跨進寬敞安靜的門廳，向衣帽間的女孩取回我的帽子和大衣，往托盤裡丟了一枚二角五分的硬幣，走去屋外的門廊。門僮適時地出現在我身旁，問：「要我替您把車開過來嗎，先生？」

我說：「我只是出來散步。」

門廊邊緣的渦卷雕飾被霧氣氤濕，凝結成珠的霧水從蒙特利種絲柏樹叢滴下來，樹影向俯瞰大海的懸崖延伸而去，漸漸隱沒。不論哪個方向，都只勉強有幾呎的能見度。我步下門廊台階，信步穿過樹叢，走上一條依稀可見的小徑，直到聽見懸崖下方海浪舔舐霧靄的聲音。周圍沒有一絲燈光。我一度能清晰看到十幾棵樹，再一會兒樹影變得模糊起來，然後除了霧氣什麼也看不見了。我向左兜了一圈，朝著繞向馬廄的砂石路踱去，他們把車子停在馬廄那裡。等到辨認得出這棟建築物的輪廓時，我停了下來，前面幾步之遙的地方，有個男人在咳嗽。

我的腳步踏在柔軟濕潤的草地上，無聲無息。那個男人又咳了一聲，隨即用手帕或袖子摀住了嘴。趁他無暇他顧，我上前幾步朝他靠近。看到他了，砂石路旁有一個模糊的身影。某種預感令我走到一棵樹後蹲伏著。那男人轉過頭來，他的臉理應是一團白霧，然而並非如此，他的臉依然是一團漆黑。他蒙了面罩。

我躲在樹後，靜靜等待。

23

一陣輕細的腳步聲，是女人的腳步聲，沿著那條難以辨認的小徑而來。我前方的男人往前探著身子，好像是倚在濃霧上。起初我看不見那個女人，而後隱隱約約地看到她。她昂首的傲慢姿態似曾相識。男人快步走出，兩道人影在濃霧中交融，彷彿成為霧的一部分。片刻的死寂之後，男人說道：

「這是一把槍，女士。安分些，霧裡也能聽到聲音。把皮包給我就好。」

女孩一聲不響。我向前挪了一步，霎時間，我竟能看清男人帽緣上沾滿霧珠的絨毛了。女孩一動也不動地站著。她的呼吸漸漸變得粗重，像是小銼刀挫著軟木。

「敢喊出聲，」男人說，「就把你劈成兩半。」

她沒喊，也沒動。動的是男人，他接著冷冷地笑了兩聲。「最好都在這裡。」他說。我聽到搭扣咔噠一聲打開，隨即一陣摸索聲。男人轉過身，朝我藏身的這棵樹走來。他走了三、四步，又暗笑了一聲。我的記憶裡有這笑聲。我從口袋裡掏出菸斗，拿槍般握在手上。

我輕聲喊他，「嗨，藍尼。」

男人猛然愣住，便要抬手。我說：「別動。我告訴過你別打這種念頭，藍尼，槍指著你呢。」

三個人僵在那裡。小徑上的女孩沒動，我沒動，藍尼更沒動。

「把包放在你的兩腳之間，小子。」我對他說，「慢慢來，別緊張。」

他彎下腰。我縱身一躍，趁他起身前跳到他身邊。他貼著我直起身，喘著粗氣，手裡是空的。

「是不是想說，沒那麼容易得手。」我說。我緊貼著他，從他外套口袋裡摸出一把槍。「總有人送槍給我，」我對他說，「重得我走路都直不起腰了。滾吧。」

我們喘息交錯，四目相逼，活像牆頭上的兩隻公貓。我向後退開。

「走吧，藍尼，別動肝火。你不聲張，我也保持沉默，行嗎？」

「行。」他粗聲說。

濃霧吞沒了他。他的腳步聲漸行漸遠隨後消失。我撿起皮包，手伸進去摸了摸，朝小徑走去。她依然一動也不動地站在原地，一隻沒戴手套的手緊緊揪住灰色毛皮大衣的領口，指間的戒指微微閃爍。她沒戴帽子，兩邊分線的黑髮化為漆黑夜色的一部分，黑色的眼眸亦然。

「幹得好，馬羅。你現在變成我的保鏢了？」她話中帶刺。

「看起來像是這麼回事。皮包在這裡。」

她接了過去。我說：「你開車來的？」

她笑了，「我和一個男人一起來的。你在這裡幹什麼？」

「艾迪·馬仕想見我。」

「我不知道你認識他。為什麼見你？」

「告訴你也無妨。他認為我在尋找某個他認為跟他老婆一起跑掉的傢伙。」

「你在找嗎？」

「沒有。」

「那你來做什麼？」

「來搞清楚為什麼他以為我在找某個他認為跟他老婆一起跑掉的傢伙。」

「搞清楚了嗎？」

「沒有。」

「你透漏消息就像電台播音員一樣，」她說，「我想這不關我的事……即便那傢伙就是我丈夫。我以為你對此事並無興趣。」

「別人總是把這事甩給我。」

她惱怒地咬咬牙，遭遇持槍蒙面人的搶劫對她似乎毫無驚擾。「好吧，送我去車庫，」她說，「我得去看看我的男伴。」

我們沿著小路而行，繞過房子的一個拐角，前面出現燈光，之後又繞過另一個拐角，來到一間被兩盞泛光燈照得敞亮的封閉式馬廄。那裡仍鋪著地磚石，兩邊地面依然朝著正中央的下水道格欄傾斜，一輛輛汽車閃閃發光，一個穿著棕色工作服的男人從凳子上起身，朝我們走來。

「我男朋友還是爛醉如泥嗎？」薇安隨口問他。

「恐怕是的，小姐。我幫他蓋了條毯子，搖上車窗。我想他應該沒事，只是在休息。」

我們走到一輛大凱迪拉克前，工作服男子打開後車門。寬闊的後座上胡亂塞著一個男人，正張著嘴巴打鼾，一條花格毯子拉到下巴上。他是個大塊頭的金髮男人，一副很有酒量的樣子。

「來見見萊利．考伯先生，」薇安說，「考伯先生……這位是馬羅先生。」

我悶哼了一聲。

「考伯先生是我的男伴，」她說，「真是位無與倫比的男伴，考伯先生，那麼殷勤體貼。你真該看看他清醒時的樣子，我也該看看他清醒時的樣子，總該有人看看他清醒時的樣子才是。我的意思是，至少有個存證，這樣就可以載入史冊，轉瞬即逝的一刻，很快湮沒在時間長河裡，但永遠不會被忘記……萊利．考伯的清醒時刻。」

「是耶。」我說。

「我甚至曾經考慮過嫁給他。」她用緊繃的高音說，好像搶匪造成的驚嚇此刻才開始顯現，「當然只是偶爾，想不到任何愉快事情的時候。我們都會有這種時刻。他擁有多到用不完的錢，你知道的。一艘遊艇，長島有房產，新港有房產，百慕達有房產，這裡那裡到處都有房產，說不定遍布全世界……喝光一瓶上好的蘇格蘭威士忌就到了。而且對於考伯先生來說，威士忌總是唾手可得。」

「是耶，」我說，「有沒有司機可以載他回家？」

「不要說『是耶』，粗俗。」她挑起眉毛看著我，工作服男子狠命咬著下嘴唇。「噢，毫無疑問有一個排的司機。他們說不定每天早晨都要在車庫前列隊，個個鈕釦閃光，背帶鋥亮，白手套纖塵不染……一副西點軍校的高雅作風。」

「好吧，這個司機到底在哪兒？」

「今晚他是自己開車來的，」工作服男子趕忙說，幾乎帶著歉意，「我可以打電話到他府上，請他們派人接他回去。」

薇安轉身對他微笑，好像他剛剛向她獻上一頂鑽石冕飾。「那真是太好了，」她說，「你願意打這個電話？我真不忍心考伯先生就這樣死掉……嘴巴還大張著。別人還以為他是渴死的。」

工作服男子說：「只要聞一下就知道他不是渴死的了，小姐。」

她打開皮包，抓出一把鈔票塞給他：「相信你會照顧好他的。」

「天哪，」男子幾乎把眼珠瞪出來，「我一定照辦，小姐。」

「我姓雷根，」她用甜美悅耳的聲音說，「雷根太太。你大概還會見到我。你才來這裡沒多久，是吧？」

「是的。」他兩手抓住鈔票亂成一團，不知所措。

「你會喜歡這個地方的，」她說著，挽起我的手臂，「我們坐你的車走吧，馬羅。」

「我的車停在外面街上。」

「我不介意，馬羅。我喜歡在霧中散步，會遇到那樣有意思的人物。」

「哦，算了吧。」我說。

她倚在我的手臂上，顫抖起來。我們朝停車的地方走去，一路上她始終緊緊抓住我，直到我們走到車子前，她才不再發抖。我從大宅後面一條蜿蜒林蔭彎道駛出，彎道往下通往迪卡森大道，那是拉斯歐林達的主要街道。我們在劈啪作響的古老弧光燈下駛過，片刻之後，開進一座小鎮，眼前出現幾棟建築物，死氣沉沉的小店，夜間電鈴上掛著燈的加油站，最後終於看到一家還在營業的藥房雜貨店。

「你最好喝點東西。」我說。

她動了動下頷，那只是車座角落裡的一丁點蒼白。我將車斜行穿越到對街路邊停好。「一些黑咖啡兌上一丁點裸麥威士忌應該不錯。」

「我可以喝得比兩個水手加起來還醉，而且我愛極了。」

我扶著車門，她蹭著我下了車，髮絲拂過我的臉。我們走進藥房雜貨店，我在烈酒櫃台買了一品脫的裸麥威士忌，拿到高腳凳旁，放在有裂縫的大理石台面上。

「兩杯咖啡，」我說，「黑的，要濃，今年的咖啡豆。」

「你們不能在這裡喝酒。」店員說。他穿著一件褪色的藍色工作服，頭頂毛髮稀疏，眼神頗為老實，下巴內縮，絕不會在他看見牆前先撞上去。

薇安·雷根從包裡摸出一包菸，像男人那樣抖出幾根。她把菸遞向我。

「在這裡喝酒是違法的。」店員說。

我點燃菸，完全沒理會他。他拿起灰撲撲的鍍鎳水壺，倒了兩杯咖啡，擺在我們面前。他看著那瓶裸麥威士忌，壓著嗓子，疲憊地嘟囔著：「好吧，你們倒酒，我去外面看看。」

他走到櫥窗前，背對著我們站著，豎起耳朵。

「做這種事，我的心臟都快跳進喉嚨口了。」我一邊說一邊扭開威士忌瓶蓋，兌進咖啡。「這鎮上的執法人員極為厲害。整個禁酒時期，艾迪．馬仕那地方一直是夜總會，他們每晚都派兩名制服警察守在大廳……確保客人從夜總會買酒喝，而不能自己帶酒。」

店員突然轉身返回櫃台，然後走進藥劑室的小玻璃窗後面。

我們啜飲著兌了威士忌的咖啡，我注視著薇安映在咖啡壺背後那面鏡子裡的臉。那張臉緊張、蒼白、美麗又狂野。她的嘴唇紅得刺眼。

「你的眼神不太對勁，」我說，「艾迪．馬仕拿住你什麼了？」

她從鏡中看著我，「今晚玩輪盤賭我從他手上贏了一大筆……本錢是我昨天向他借的五千塊，我都沒用上。」

「那大概讓他很不爽。你認為那個跟蹤你的響馬是他派的嗎？」

「什麼是響馬？」

「帶槍的傢伙。」

「你是響馬嗎？」

「當然，」我笑了起來，「不過嚴格來說，響馬屬於站錯邊的人。」

「我常常懷疑究竟有無對錯之分。」

「我們離題了。艾迪．馬仕拿住你什麼了？」

「你指拿住我什麼把柄了？」

「對。」

她撇撇嘴唇，「聰明點兒，拜託，馬羅。再聰明點兒。」

「將軍近來如何？我可不故作聰明。」

「不太好，他今天沒起床。你至少可以不再逼問我。」

「記得曾幾何時我也想對你說同樣的話。將軍知道多少？」

「很可能全部知道。」

「諾里斯會向他報告？」

「不。是韋德，地方檢察官，他去見過我爸。你把照片都燒毀了嗎？」

「當然。你擔心你妹妹，對吧……不時的。」

「我想我唯一擔心的人也就是她了。從某種角度來說，我也擔心我爸，為的是盡量把事情瞞住他。」

「他已經不再抱持太多幻想了，」我說，「但我想他還是有尊嚴在。」

「我們是他的骨肉，沒辦法。」她從鏡中凝視我，目光深邃而冷漠。「我不希望他死去時，心中還在鄙視自己的骨肉。這個血統向來狂野，可並不皆是墮落腐敗。」

「現在是嗎？」

「我猜你這麼認為。」

「你並不是。你不過在扮演自己的角色罷了。」她垂下眼簾。我抿了幾口咖啡，為我們又各點了根香菸。「這麼說，你也開槍殺人，」她平靜地說，「你是個殺手。」

「我？何出此言？」

「報紙和警方把故事編排得很漂亮，可我對讀到的東西並不全然相信。」

「噢，你認為我該為蓋格負責……或者波第……又或者他們兩個。」

她沒搭腔。「我沒必要殺他們，」我說，「是有這個可能，我想，而且事後還可溜之大吉。他倆任誰都會毫不遲疑地對我開槍。」

「所以你骨子裡是個殺手，和所有警察一樣。」

「老天，胡扯。」

「你就是那種陰暗、冷酷又沉默的人，對別人的感情不比屠夫對砧板上的肉多多少。第一次見到你時，我就看出來了。」

「你結交了太多旁門左道的朋友，已經不懂分辨。」

「比起你來，他們都是軟骨頭。」

「謝謝，女士。你自己也不是塊好捏的鬆餅。」

「咱們走吧，離開這個混帳小鎮。」

我付了帳，把裸麥威士忌塞進口袋，和她一起離開。店員仍然不喜歡我。我們駛離拉斯歐琳達，一路穿過幾個陰冷的海邊小鎮，海灘上有幾座簡陋的小木屋，不遠處就是轟鳴的海浪。還有些較高大的房子建在後方的斜坡上，偶爾可見一兩處窗戶透出昏黃的燈光，但多數房子都是漆黑一片。海草的腥味從海面飄來，黏附在霧氣上。車輪在濕漉漉的水泥路面颼颼疾馳。整個世界就是一團潮濕的虛無。

離開藥房雜貨店後，她一路沉默不語，直到接近德爾區時，她才開口。她的嗓音低沉，好像有什麼東西在喉嚨深處悸動。

「沿著德爾海灘俱樂部開下去，我想看看海。就在左邊的下一條街。」

十字路口交通號誌的黃燈閃爍著。我掉轉車頭，駛下坡道。坡道左邊是高聳陡峭斷崖，右邊是幾條城際電車軌道，軌道遠方散落著一片低矮的燈火，更遠處港口燈光點點，一層暮靄籠罩在城市上空。那邊的霧已漸漸散盡。我們穿過延伸向懸崖下方的軌道，開上一條鋪平的海濱公路，公路旁是開闊而平整的海灘，路旁一排車子面海而停，四下黑漆漆一片，海灘俱樂部的燈光猶在數百碼之外。

我把車子停靠在路沿，熄掉車頭燈坐著，雙手仍搭在方向盤上。濃霧漸散，海浪無聲翻捲，泛起白沫，如思緒在意識邊緣奮力成形。

「靠近些。」她囁嚅著。

我從方向盤前挪到座位中間，她稍稍轉開，像是要向窗外張望，然後身體往後一靠，無聲無息地倒進我的懷裡，頭險些撞到方向盤。她眼睛閉著，面容朦朧。接著我看到她把眼睛睜開，微微眨動，即便在黑暗中，那閃亮的眸光也清晰可見。

「抱緊我，野獸。」她說。

起先我只用手臂鬆鬆地攬著她，她的頭髮毛扎扎地撩著我的臉。然後我手臂摟緊，將她抱起。我慢慢托起她的臉湊近我。她的眼簾飛快顫動，像飛蛾的翅膀般。

我快速地狠狠啄了她一下，隨後是一個悠長緩慢的纏綿長吻。她雙唇微啟，身體在我的懷裡顫慄起來。

「殺手。」她輕柔地說，氣息探進我的嘴裡。

我將她的身體緊緊貼住我，幾乎要隨她一同顫慄。我不斷吻她。過了許久，她略微把頭挪開，說：「你住在哪裡？」

「赫伯阿姆斯大樓，富蘭克林街靠近肯默路。」

「我從沒去過。」

「想去看看嗎？」

「想。」她喘息著。

「艾迪．馬仕到底拿住你什麼了？」

她的身體在我懷裡陡然僵硬，呼吸粗重起來。她使勁把頭往後靠，雙目圓睜，瞳孔縮小，死死地瞪住我。

「原來是這麼一回事。」她有氣無力地輕聲說道。

「是這麼回事。接吻很棒，但你父親沒僱我來和你上床。」

「你這狗娘養的。」她平靜地說，一動也不動。

我對著她的臉大笑。「別真以為我是根冰柱，」我說，「我不瞎，也並非沒有感覺。和其他男人一樣，我流著的血也是熱的。你太容易到手……太他媽的容易了。艾迪．馬仕到底拿住你什麼了？」

「要是你再問一次，我就要喊了。」

「請便，儘管喊。」

她猛地掙脫開，坐直身子，遠遠縮在車子一角。

「有人就是因為這種小事而挨子彈，馬羅。」

「有人無緣無故也會挨子彈。第一次見面我就告訴過你，我是偵探。用你可愛的腦袋好好想想。我在辦案，女士，不是鬧著玩。」

她在包裡亂摸了一陣，掏出一條手帕咬在嘴裡，別過頭去背對著我。我聽到手帕撕裂的聲音，她在用牙齒緩緩地撕扯手帕，一下又一下。

「你憑什麼認為他拿住了我什麼？」她低語問，聲音悶在手帕裡。

「他讓你贏一大筆錢，然後再派個槍手替他拿回去。你倒是毫不意外，甚至都沒有感謝我幫你保住這筆錢。我覺得整件事情就像一場表演。不自謙的話，我得說，至少有一部分是演給我看的。」

「你認為他想贏就贏，想輸就輸？」

「當然。賭注對等的情況下，五次裡能做到四次。」

「非得要我告訴你，我憎惡你到骨子裡了嗎？偵探先生。」

「你沒欠我什麼。有人付我酬勞。」

她把撕爛的手帕丟出車窗，「你對女人的方式真有一套。」

「我喜歡吻你。」

「你的頭腦始終如此冷靜，我真是受寵若驚。該恭喜你呢，還是恭喜我父親？」

「我喜歡吻你。」

她拖長聲音，冷冰冰地說，「如果你那麼好心的話，帶我離開這裡。我很確定我想回家了。」

「不當我的好妹妹了？」

「要是我手上有把剃刀，準把你的喉嚨割開……看看流出的是什麼。」

「毛毛蟲的血。」我說。

我發動車子，掉轉車頭，穿過城際電車軌道駛上公路，然後進城，開回西好萊塢。她一路緘默，幾乎連動都沒動一下。我驅車穿過幾道鐵門，沿著下沉式車道，開進宅邸的停車門廊。車子還沒完全停穩，她便猛地推開車門跳了下去。即便這時，她也還是一聲不吭。我望著她按門鈴之後站在門前的背影。門開了，諾里斯探頭張望。她從他身邊衝進去，不見了。門砰地一聲關上，我坐在車裡，看著這一切。

我掉轉車頭開下車道，一路開回家。

24

這次公寓樓大廳空無一人，沒有槍手在棕櫚盆栽下等著對我發號施令。我搭電梯上到我的樓層，沿著走廊走過去，和著某間公寓門後隱隱傳來的收音機的低柔曲調。我需要喝上一杯，而且迫不及待。進門後我沒開燈，徑直向廚房走去，約莫三、四呎之後我即刻停下腳步。有什麼東西不對勁。空氣裡有什麼東西，某種味道。百葉簾拉下來了，街燈從簾子兩側漏進來，帶給房間昏暗朦朧的光。我站著沒動，側耳傾聽。空氣裡的味道是香水味，濃烈到發膩的香水味。

房間裡悄然無聲，一片寂靜。我的眼睛逐漸適應了黑暗，我看見地板前面有個不應該在那裡的東西。我後退幾步，拇指摸到牆上的開關，啪地打開燈。

折疊床放了下來，床上傳來咯咯的笑聲。一顆褐髮腦袋陷在我的枕頭裡，兩隻裸露的手臂往上彎，雙手交叉墊在腦後。卡門．史坦梧仰面躺著，在我的床上，對著我咯咯笑。波浪般的茶褐色頭髮散在枕頭上，像是一手精心布置的。她石板色眼眸斜睨著我，一如既往令我感覺像是從槍管後面瞄準。她一笑，尖銳的小牙閃閃發亮。

「我很可愛吧？」她說。

我粗聲說：「可愛得像星期六晚上的菲律賓妹。」

我走到一盞立燈前，拉亮，回去關掉頂燈，又穿過房間走到立燈下面放在牌桌上的棋盤前。棋盤上擺開一副困局，六步決勝負。就像生活中許多我解不開的困局一樣，這棋局我也解不開。我伸手挪了一步騎士，然後扯下我的帽子和大衣隨手一丟。這段時間裡，床上不斷傳來輕柔的咯咯笑聲，使我想起老房子牆板後窸窸窣窣的老鼠聲。

「我打賭你肯定猜不到我是怎麼進來的。」

我挖出一根菸，冷眼看著她，「我打賭我能猜到。你從鑰匙孔鑽進屋，就像小飛俠彼得潘。」

「他是誰？」

「噢，我以前在撞球間認識的一個傢伙。」

她癡笑著，「你真可愛，可不是？」她說。

我話已出口：「那根大拇指……」不過她搶先一步，不必我提醒。她從腦後抽出右手，吮吸起大拇指來，一雙圓溜溜的眼睛頑皮地盯著我。

「我全身光溜溜。」在我抽完菸瞪了她一分鐘後，她突然說。

「老天作證，」我說，「這個念頭正浮上我腦海，我琢磨著要怎麼開口。我幾乎要脫口而出時，你就說了。再給我一分鐘，我肯定會說『我打賭你全身光溜溜』。我自己睡覺時總穿著膠鞋，生怕醒來時心中有愧，得立刻溜之大吉。」

「你真可愛。」她搔首弄姿地微微扭了扭頭，接著從腦後抽出左手，抓住被單，煞有介事地停頓片刻，然後猛地一掀。確實全身光溜溜。她橫陳在床，赤裸的身體在燈光下珍珠般晶瑩閃亮。今晚，史坦梧家的兩名千金都對我火力全開。

我揪掉黏在下唇邊的一小撮菸絲。

「真好看，」我說，「但我早已見識過，記得嗎？我總在你一絲不掛的時候碰到你。」

她又咯咯笑了幾聲，重新蓋上被單。「好吧，你是怎麼進來的？」我問她。

「管理員放我進來的。我給他看你的名片，從薇安那裡偷來的。我告訴他你讓我在房間裡等你。我……我神出鬼沒吧。」她一派神采飛揚。

「棒極了，」我說，「管理員就是這樣。現在我知道你怎麼進來的了，告訴我你打算怎麼出去吧。」

她咯咯笑著，「不打算出去……要待上很久……我喜歡這裡。你真可愛。」

「聽著，」我用香菸指著她，「別再逼我幫你穿衣服。我累了。很感激你的好意，可我承受不起。狗舍．瑞利絕不會做對不起朋友的事。我是你的朋友，我不願對不起你……不管你自己怎麼認為。我和你必須維持朋友的情誼，這麼做就背道而馳了。現在，你能做個乖女孩，把衣服穿起來嗎？」

她不停地搖頭。

「聽好，」我繼續努力勸她，「你並不在意我，你只是想做給我看你有多調皮。可是你不必向我證明，我已經領教了。我總在你……」

「把燈關掉。」她咯咯笑道。

我把香菸扔到地板上踩滅，掏出手帕擦擦掌心。我又好言相勸一番。

「倒不是因為擔心鄰居，」我對她說，「他們其實無所謂。隨便哪座公寓樓裡都有不少野雞，多一兩個房子也不會垮掉。這是職業尊嚴問題。你懂吧……職業尊嚴。我在為你父親辦事，他是個病人，身體虛弱，孤立無助。他挺信任我，知道我不會耍花招。請你穿上衣服好嗎，卡門？」

「你的名字不是狗舍．瑞利，」她說，「你叫菲力普．馬羅。你騙不了我。」

我低頭看著棋盤。挪動騎士那步是個錯招。我把它擺回原位。騎士在這場棋局裡毫無意義，它不是為騎士準備的。

我再把目光移向她。此刻她正靜靜躺著，蒼白的面頰貼住枕頭，眼睛又大又深，空洞得好像旱天時期的雨水桶。那隻五指俱全、拇指畸形的小手不安地揪住被單。一絲疑惑開始隱約在她身體某處萌生，但她還沒意識到。若讓女人——特別是漂亮女人——明白自己的身體並非不可抗拒確實是難乎其難。

我說：「我去廚房調杯酒。想喝一杯嗎？」

「嗯哼。」無言而困惑的深色眼睛鄭重地瞪著我，那絲疑惑漸漸變大，無聲無息地潛入眼睛深處，就像一隻在蒿草叢中悄然接近畫眉鳥的貓。

「等我回來時，如果你已經穿好衣服，就會有酒喝。嗯？」

她嘴唇微啟，嘴裡冒出微弱的嘶嘶聲。她沒有回答我。我走到小廚房，取出蘇格蘭威士忌和蘇打水，調了兩杯高球。我沒有硝化甘油或虎息蒸餾酒[10]那類真正刺激的東西。我端著酒杯回來時，她還躺在那裡，不再嘶嘶作聲，目光又恢復呆滯。她嘴角慢慢上揚，隨後突然坐起，把被單全部掀開，伸出手來。

「給我。」

「等你穿上衣服。不穿不給。」

我把兩杯酒放在牌桌上，兀自坐下又點了根菸。「穿吧，我不看你。」我把視線移開。這時，我身後突然響起尖利的嘶嘶聲，我不得不驚愕地扭頭看她。她坐在那裡，赤身裸體，雙手撐在床上，嘴巴微張，臉像白骷髏。嘶嘶聲從她的嘴巴裡汩汩湧出，彷彿和她毫無關係。她的眼神依舊空洞，但裡面似乎有某種東西，是我從未在女人的眼睛裡見過的。

之後，她的嘴唇開始蠕動，極為緩慢，小心翼翼地，彷彿它們是兩片人造嘴唇，得靠彈簧操縱。

她用下流話罵我。

10 原文為“distilled tigers’ breath”。

我不在意。她罵我什麼，任何人罵我什麼，我都不在意。但這是我居住的房間，是我唯一能稱得上家的地方。這裡有屬於我的一切，與我有關的一切，所有過往，所有聊以替代家的東西。東西不多：幾本書，幾張照片，一架收音機，一副棋子，幾封舊信件，諸如此類。算不上什麼，但它們承載了我的全部回憶。

我再也無法忍受她待在這個房間裡了。她罵我的話只是更加提醒了我這一點。我斟酌說道：「我給你三分鐘時間穿好衣服，離開這裡。要是你到時還沒走，我就要動手了……把你丟出去。就讓你像現在這個樣子出去，光溜溜的，再把你的衣服也丟進走廊。現在……快穿上。」

她的牙齒直打顫，嘶嘶聲好像野獸般尖銳。她把腳盪到地上，伸手拿起床邊椅子上的衣服。她開始穿衣服。我看著她。她手腳笨拙而僵硬——對一個女人而言——不過速度很快。兩分鐘多一點的時間，她就穿戴好了。我掐表計著時。

她站在床邊，手裡的綠色皮包緊貼著一件毛皮鑲邊的外套，頭上歪戴著一頂時髦綠帽。她在那裡站了片刻，朝我嘶嘶吐氣，她的臉依舊像是白骷髏，眼神也依舊空洞，卻充滿著某種原始的情緒。她快步走到門口，打開房門出去了，一言不發，頭也不回。我聽到電梯突然啟動，在梯井裡移動。

我走去窗前，拉起百葉簾，把窗戶敞開。晚風襲進來，一股陳腐的甜膩味，殘留著汽車尾氣和都市街道的氣息。我拿起酒杯，慢慢啜著。底下公寓樓的大門自動闔上了，腳步從靜謐的人行道上嗒嗒踏過。一輛車子在不遠處發動，伴著齒輪粗野的撞擊聲撞進黑夜。我回到床邊，俯身看去。枕頭上還有她腦袋的凹印，床單上仍依稀可見她嬌小墮落的身軀。

我放下空酒杯，狠狠地把床上的一切扯爛。

25

翌日早晨又下起雨來，灰色雨幕斜披而下，好像一掛搖曳的水晶珠簾。我醒來時感到困頓倦怠，疲憊不堪。我支起身在窗前佇立眺望，嘴裡仍殘存著史坦梧姊妹的苦澀味，整個人好似被掏空了，如稻草人的口袋般了無生氣。我走去小廚房，喝了兩杯黑咖啡。不是只有酒才會讓你宿醉，這次是女人。女人令我噁心。

我刮鬍淋浴穿戴妥當，取出雨衣走下樓，從前門向外張望。街道對面，往北一百呎處，停著一輛灰色普利茅斯轎車，正是前一天曾經試圖跟蹤我，之後我向艾迪・馬仕打聽過的那一輛。車裡也許坐著個警察，假如哪個警察有大把時間又願意浪費在跟蹤我上面的話；也可能是偵探行業裡一個無所事事的傢伙，設法刺探些情況，企圖在別人的案子裡插上一腳；要麼就是對我的夜生活頗有微詞的百慕達主教。

我走到公寓大樓後面，從車庫裡開出我的敞篷車，再繞到前面，從那輛灰色普利茅斯前駛過。裡面坐著一個小個子男子，獨自一人。他隨後發動車子跟上我，下雨天他比較得心應手。他跟得足夠近，碰上比較短的街區，我還未及開出他已經跟上來；他也保持了足夠的車距，多半時間我倆之間都夾雜了其他車輛。我往南開上好萊塢大道，把車停在辦公大樓旁邊的停車場。我豎起雨衣衣領，拉低帽緣，冰冷的雨點落入衣領和帽緣之間，拍打著我的臉。普利茅斯停在對街的消防栓旁。我走到十字路口，等綠燈亮起後過街又折返，貼著人行道邊緣和沿街停靠的車輛走。普利茅斯沒有挪動，也沒人下車。我走近，猛地拉開靠近人行道的車門。

一個雙目炯炯的瘦小男子縮在駕駛座的角落裡。我站在車外盯著他，雨點砸在背脊上。他躲在裊裊煙圈後眨眨眼睛，雙手不安地敲擊著細窄的方向盤。

我說：「還拿不定主意嗎？」

他嚥了一口口水，香菸在唇間上下抖動。「我好像不認識你。」他緊張地小聲說。

「敝姓馬羅。就是你這幾天一直在跟蹤的人。」

「我沒有在跟蹤誰，先生。」

「那就是這輛老爺車在跟蹤，也許你控制不了它。隨你怎麼樣都行。現在我要去對街的咖啡店吃早餐，橙汁、培根加蛋、烤吐司、蜂蜜、三、四杯咖啡，外加一根牙籤。然後我會去我的辦公室，就在你正對面那棟大樓的七樓。你要是有什麼無法忍受的煩憂事，不妨上來聊聊。今天我閒著沒事，只是要給機關槍上上油而已。」

我轉身走了，留他一人在那裡眨巴眼。二十分鐘之後，我把清潔婦的《愛之夜晚》扔出辦公室，打開一封粗紙厚信封，上面用優雅細瘦的老式書法寫著地址。信封裡夾有一張簡短的正式信函，和一大張面值五百元的淡紫色支票，受款人為菲力普．馬羅，簽票人是蓋．德．布里賽．史坦梧，由文生．諾里斯代簽。這個早晨因而變得很美好。我正填寫銀行存款單時，電鈴嗞嗞作響，告訴我有人走進我那兩呎寬四呎長的接待室。正是普利茅斯小個子男子。

「很好，」我說，「進來吧，把外套脫掉。」

我撐著門，他小心翼翼地從我面前閃進來，生怕我會朝他的小屁股踢一腳似的。我們隔著辦公桌面對面坐下。他身材極為矮小，身高不到五呎三，體重可能還不及屠夫的一根大拇指。他有一雙拘謹而明亮的眼睛，努力想擺出一副硬漢神態，不過看起來卻像是掛在半扇貝殼上的牡蠣。他身穿雙排釦深灰色西裝，肩膀太寬，衣領太大。西裝外敞著一件愛爾蘭斜紋軟呢外套，好幾處磨損得破爛不堪。薄綢領帶鼓出一大截，上面雨跡斑斑。

「也許你聽說過我，」他說，「我是哈利．瓊斯。」

我告訴他我沒聽說過。我把一只扁平錫製的香菸盒推向他。他細小靈巧的手指捻出一根，就像鱒魚咬住飛蠅。他用座台式打火機點燃香菸，擺了擺手。

「我一直在這一帶混，」他說，「認識一些兄弟。曾經從懷尼米港弄點私酒過來。這行不好做啊，夥計。開一輛車探路，腿上架著槍，屁股口袋塞上厚厚一疊鈔票，足夠堵死一條運礦槽的。很多時候，還沒到比佛利山莊就孝敬了四批警察。這行不好做啊。」

「糟透了。」我說。

他往後靠著椅背，小嘴的緊繃嘴角對著天花板噴了一股煙霧。

「可能你不相信我。」他說。

「可能不信，」我說，「也可能信。也可能我懶得琢磨信或不信。你這樣鋪陳到底和我有什麼關係？」

「沒什麼關係。」他尖刻地說。

「你已經跟蹤我好幾天了，」我說，「像是一個傢伙想搭訕女人，卻缺少最後那一丁點勇氣。或許你要推銷保險，或許你可能認識某個叫裘．波第的。有很多或許，但我手上還有正事要辦。」

他的眼珠鼓出來，嘴巴大張，下唇幾乎掉到大腿上。「老天，你怎麼曉得？」他喊道。

「我有通靈術。快點把你的事情全抖出來吧，我可沒辦法整天奉陪。」

他突然瞇起雙眼，眼中的光亮幾乎消失。房間裡一陣沉默。雨點猛烈地拍打著我窗下梅遜大樓入口大廳鋪著焦油的平坦屋頂。他的眼睛睜開一些，光亮再次出現，他的聲音充滿著深思熟慮。

「我想要摸摸你的底，沒錯！」他說，「我手上有東西想賣……要不了幾個錢，兩張百元鈔就好。你是怎麼把我和裘扯到一起的？」

我拆開一封信來看，它向我提供一個為期六個月的指紋識別函授課程，附加專業人士特別折扣。我把信丟進字紙簍，目光又望向小個子男子。「別在意，我只是猜測。你不是警察。你也不是艾迪．馬仕的人，我昨晚問過他。除了裘．波第的朋友，我想不出還有誰會對我這麼感興趣。」

「老天，」他說著，舔了舔下唇。聽我提到艾迪．馬仕，他的臉瞬時刷白如紙。他嘴巴大開，香菸如魔術般掛在嘴角，像是原本就長在那裡似的。「哦，你在開玩笑吧。」終於，他說道，帶著某種在手術室見到的勉強笑容。

「好吧，我在開玩笑。」我拆開另一封信，這封信說準備給我從華盛頓郵寄每日通訊，全部是第一手來源的內幕消息。「我猜艾格妮出來了。」我補上一句。

「是啊，是她叫我來的。你感興趣嗎？」

「嗯……她是個金髮美人。」

「別扯了。那天晚上你說溜了嘴……裘被幹掉的那晚。說什麼波第一定曉得些史坦梧家利益攸關的事，不然他不敢冒險把照片寄過去。」

「嗯哼。所以他確實曉得？是什麼事情？」

「這就是要你用兩百塊錢買的東西。」

我又把幾封慕名來信丟進字紙簍，給自己點上一根菸。

「我們必須離開此地，」他說，「艾格妮是個好女孩，你不能讓她一直陷在那件事裡。這年頭，一個女人要混日子可不是那麼容易。」

「她對你而言塊頭太大，」我說，「說不定翻個身就會壓得你喘不過氣。」

「這話有點下流，兄弟，」他的口吻裡有種近乎於莊重的東西，讓我不禁盯著他看。

我說：「你說得對。我最近總遇到些不良人士。閒話少說，切入正題吧。你準備用什麼來換這筆錢？」

「你願意付錢嗎？」

「要看它有沒有用。」

「要是能幫你找到拉斯帝．雷根呢？」

「我沒在找拉斯帝．雷根。」

「隨你怎麼說。到底想不想聽？」

「儘管說。凡是用得到的，我都會付錢。要知道在我這個圈子裡，兩張百元大鈔可以買到很多消息。」

「艾迪．馬仕幹掉了雷根。」他平靜地說，身子靠到椅背上，那樣子活像是剛剛被任命為副總統。

我朝大門的方向揮了揮手。「我甚至不打算跟你爭辯，」我說，「我不想浪費氧氣。請便吧，小個子。」

他俯身探過桌子，嘴角顯現出幾道白紋。他小心翼翼地摁熄香菸，摁了一次又一次，連看也不看。連接門後面傳來打字機單調的咔嗒聲，鈴響，換行，一行接著一行。

「我不是在開玩笑。」他說。

「走吧，別煩我。我還有事要辦。」

「不，你沒有。」他尖刻地說，「我可沒那麼好打發。我來這裡是為了講我的消息，我現在就講著了。我認識拉斯帝，不算熟，但見面會招呼『小子，好不好啊』，他有時搭理我，有時不搭理，全憑心情。不過他是個好人，我一向很喜歡他。他迷戀上一個叫夢娜·格蘭特的歌手，後來她改姓了馬仕。拉斯帝一怒之下娶了一名富家女，那女人成天在賭場鬼混，好像在家裡睡不安穩似的。你對她很了解了，高䠷，黑髮，迷人得足以在德比賽馬會上奪得冠軍，但這種女人會給男人太大壓力。太神經質。拉斯帝不可能和她合得來。可是老天，他肯定和她家老爺子的鈔票合得來，對吧？你一定這麼想。這個雷根是隻斜眼禿鷹，他總是瞄著下一座山谷，幾乎不在意目前身處何地。我覺得他根本沒把錢放在眼裡。這話從我嘴裡說出來，兄弟，這是褒獎。」

看來小個子男人其實沒那麼蠢。那些一塊錢買一打的騙子根本不可能有這樣思考，更別提要如何表達了。

我說：「所以他逃跑了。」

「他打算逃跑了，也許。帶著那個女孩夢娜。她不和艾迪·馬仕住在一起，她不喜歡他的非法勾當，尤其是那些副業，例如勒索，偷車，窩藏東部來的通緝犯等等諸如此類。聽說某個晚上，雷根在大庭廣眾之下告訴艾迪，要是敢把夢娜攪進這些非法勾當，他必定會登門問候。」

「這些多半是已經公開的了，哈利，」我說，「你不能指望靠這些就讓我付錢。」

「我接下來要說的才是重點。所以雷根就不見了。我以前每天下午都會在瓦迪酒吧看見他，他一邊獨飲愛爾蘭威士忌，一邊盯著牆壁發呆。他的話愈來愈少。他偶爾會給我一筆賭注，那也是我去那裡的原因，替普斯・沃格林收賭注。」

「我以為他做的是保險生意。」

「門面上確實這麼寫著。我猜如果你撞進去的話，他也是會賣份保險給你的。總之，大約從九月中旬起，我就再也沒見過雷根了。起初我並沒注意，你明白那情形，有個傢伙在那裡，你則看到他；他不在，你就忘了他，直到有事情發生讓你再想起他。我之所以會想起，是因為聽到一個傢伙取笑艾迪・馬仕說他的女人跟拉斯帝・雷根跑了，可馬仕非但不惱火，反而像是他們的伴郎。於是我便告訴了裘・波第，而裘很精明。」

「他精明才見鬼了。」我說。

「不是條子的那種精明，但還是精明。他想撈一筆，就盤算著怎麼能弄到這對鴛鴦的消息，或許可以搞到兩筆錢……艾迪・馬仕一筆，雷根的太太一筆。裘對她家的情況也略有所知。」

「五千塊，」我說，「他不久前才敲了她家這麼一筆。」

「是嗎？」哈利．瓊斯似乎有點吃驚，「艾格妮應該告訴我的。女人總是這樣，永遠有所保留。反正，裘和我留意著報紙，沒見到任何消息，就知道老史坦梧把這事捂起來了。之後有一天，我在瓦迪酒吧看到了拉西．卡尼諾。知道他嗎？」

我搖頭。

「那小子自以為強悍難纏，艾迪．馬仕有需要的時候，他就替馬仕辦事……解決麻煩。兩杯酒之間，他就能幹掉一個人。馬仕不需要他時，他也不會靠近，而且他不住在洛杉磯。嗯，這也許有關係，也許沒有。也許他們掌握了雷根的情況，馬仕只是微笑靜觀，伺機而動罷了。當然也可能完全不是那麼回事。總之我告訴了裘之後，他就開始跟蹤卡尼諾。盯梢他挺在行，我就不行了。這部分我奉送，不收費。然後裘跟著卡尼諾到了史坦梧家，卡尼諾把車子停在宅子外面，這時一輛車開到他身邊，車裡坐著一個女孩。他們聊了一陣子，裘覺得那女孩把什麼東西遞給卡尼諾，可能是錢。那女孩隨後就走了，是雷根的太太。好吧，她認識卡尼諾，卡尼諾認識馬仕。所以裘猜測卡尼諾知曉一些雷根的情況，自己也想從中榨些油水。卡尼諾開車離開，裘跟丟了。第一幕至此結束。」

「這個卡尼諾長什麼樣子？」

「矮個子，很健壯，棕色頭髮，棕色眼睛，總是穿棕色衣服，戴棕色帽子，甚至還有一件棕色麂皮雨衣，開一輛棕色雙門小轎車。對卡尼諾先生而言，一切都是棕色的。」

「第二幕開場吧。」我說。

「不給錢就沒有下文了。」

「我看不出有什麼價值兩百塊。雷根太太嫁的是個在娛樂場所認識的以前賣私酒的，她一定會認識其他這樣的人。她和艾迪．馬仕很熟，如果她認為雷根出了什麼事，當然會去找艾迪想對策，而卡尼諾正是艾迪會派去辦這事的人。你知道的就只有這些嗎？」

「你願意用兩百塊錢來換艾迪老婆的下落？」小個子平靜地說。

這下吸引了我的全部注意力。我全身靠到扶手上，幾乎要把它壓斷了。

「哪怕她只是孤身一人？」哈利．瓊斯用柔和得近似陰險的語氣補充道，「哪怕她根本就沒有跟雷根私奔，而是被藏在距洛杉磯大約四十哩外的一所隱蔽之處……這樣警察就會一直認為她和雷根跑掉了？你願意為這個付兩百塊錢嗎，偵探先生？」

我舔舔嘴唇，它們又乾又鹹。「我想我願意，」我說，「她在哪裡？」

「是艾格妮發現的，」他陰沉沉地說，「只是巧合。在路上見到她在開車，便設法跟蹤她回家。艾格妮會告訴你她在哪裡……等她的錢到手後。」

我板起臉，「你也可以把這些告訴警察，他們一分錢也不會給你。如今在總局有好幾位審訊好手，要是問話時把你弄死了，他們手上還有艾格妮。」

「讓他們審審看，」他說，「我骨頭可沒那麼脆。」

「艾格妮肯定掌握了一些我之前沒留意到的東西。」

「她是個騙徒，偵探先生，我也是個騙徒，我們都是騙徒。所以我們會為了一個銅板而彼此出賣，好吧，看你能不能讓我這麼幹。」他又伸手捻了一根我的香菸，俐落地啣在兩唇之間，學著我的方式，拿一根火柴往拇指上擦，兩次都沒成功，最後只好在鞋跟上劃燃。他穩穩地吐著煙，直直望住我。一個可笑的強硬小個子，我輕而易舉就能把他從本壘丟到二壘。大人國裡的一個小矮子。不過他身上有某些東西讓我挺喜歡。

「我沒有耍任何花招，」他沉著說道，「我是來談這筆兩百塊錢的交易的，價碼不變。我來是因為我認為無論談不談得成，我們都可以一句話痛快。現在你竟然抬出警察來要脅我。你真該為自己感到丟臉。」

我說：「你會拿到兩百塊……憑那條消息。但我得先把錢準備好。」

他站起來，點點頭，扯了扯身上那件破舊的小號愛爾蘭斜紋軟呢外套，裹緊胸口。「可以，反正天黑後更好辦。對付像艾迪．馬仕這種人得備加提防。不過人總得混口飯吃，最近賭局生意慘淡，我猜大佬們已經放話讓普林．沃格林走路了。要不你去辦公室一趟，富韋德大廈，西大道和聖塔莫尼卡大道的交口，靠後面的四二八室。你帶著錢，我帶你去見艾格妮。」

「你自己不能告訴我嗎？我見過艾格妮。」

「我答應過她。」他簡短地說。他扣上大衣，把帽子輕快地斜戴在頭上，再次點點頭，轉身邁向房門。他走了出去，腳步聲在走廊裡漸行漸遠。

我下樓跑了趟銀行，存入那張五百元的支票，再領出兩百元的現金。我回到辦公室，坐在椅子上思索著哈利．瓊斯和他的故事。似乎有點太過湊巧，它更像是質樸簡明的小說，而不是錯綜複雜的現實。如果夢娜．馬仕在離葛雷高利隊長管轄區這麼近的地方，他應該早就找到她了，假設他確實找過的話。

我幾乎一整天都在琢磨這件事。沒人來辦公室，沒人打電話給我。雨一直下個不停。

26

七點鐘的時候，雨勢稍有停歇，但排水溝依舊氾濫。聖塔莫妮卡大道上的積水已經溢到人行道上，薄薄一層漫過路沿頂端。一個從靴子到帽子全身都是黑亮橡皮膠的交通警察從濕透的遮雨篷走出，艱難的蹚水前行。我的膠鞋在人行道上一路打滑，終於拐進富韋德大廈狹窄的大廳。大廳盡頭亮著一盞孤零零的吊燈，旁邊是一架鍍金已經剝落的電梯，大門敞開。破爛的橡膠地毯上擺著一個生鏽磨損的舊痰盂。一個假牙展示盒懸在芥末黃的牆上，樣子很像紗窗門廊上的保險絲盒。我抖掉帽子上的雨珠，看了一眼假牙盒旁邊的大樓名錄。號碼旁有些寫著名字，有些沒寫。要麼是有很多空房，要麼是有很多房客不想透露姓名。無痛治療的牙醫，不擇手段的偵探事務所，病懨懨爬到這裡等死的小公司，教你如何成為鐵路員工或無線電技師或編劇的函授學校——只要郵政稽查員沒先一步逮到他們。一棟藏污納垢的大樓。在這棟大樓裡，陳年的雪茄菸蒂味恐怕算是最清新的氣味了。

一個老人在電梯裡打瞌睡，他坐在一張搖搖欲墜的凳子上，屁股底下的椅墊破爛不堪。他嘴巴張著，太陽穴上筋脈凸起，在微弱的燈光下泛著青光。他的藍色制服套在身上空蕩蕩的，彷彿馬拴在馬廄裡一樣。灰色褲腳磨起了毛邊，下面是白色棉襪和黑色小山羊皮鞋，其中一只裂開一道縫，露出腫脹的大腳趾。他在凳子上睡得很痛苦，等待著訪客到來。在大樓詭異氣氛的促使下，我躡手躡腳地繞過他，找到火災逃生門，把門拉開。逃生梯至少有一個月沒清掃過，流浪漢在裡面睡覺，在裡面吃飯，留下滿地的麵包屑、油膩膩的碎報紙、火柴、被掏空的仿皮袖珍書。牆壁被塗抹得一塌糊塗，一只白色乳膠保險套扔在陰暗角落無人理睬。可真是一棟不錯的建築物。

到了四樓，我走出逃生梯，大口呼吸。走廊裡有同樣骯髒的痰盂和破爛地毯，同樣的芥末黃牆壁，同樣的蕭條記憶。我順著走廊直走，拐過一個角落，見到「拉．德．沃格林——保險」的標識出現在一扇漆黑砂紋玻璃門上，第二扇漆黑的門上也有同樣的標識，第三扇門上也有，門後還透出燈光。其中一扇漆黑的門上寫著「入口」字樣。

透光的那扇門上方，玻璃氣窗開著，哈利．瓊斯鳥鳴似的尖細聲音從那裡飛出來。他說：

「卡尼諾？……是啊，我在什麼地方見過你。當然。」

我僵住了。另一個聲音開口了，帶著低沉的嗡嗡聲，像是磚牆後面有一台小型發電機在運轉。這個聲音說：「我也這麼認為。」那聲音隱約給人一種不祥之感。

一把椅子拖過油氈地板，隨後是腳步聲，上方的氣窗嘎吱關上了，一道人影從砂紋玻璃門後漸漸隱去。

我回到標識有沃格林名字的三扇門中的第一扇門前，小心翼翼地推了推。門鎖著，門板在鬆動的門框裡晃動，是一扇裝了多年的老門，由半乾燥的木材製成，如今已然收縮。我掏出皮夾，拆下駕照外面又厚又硬的賽璐珞封套；一件警方忘記封禁的竊盜工具。我戴上手套，親暱地輕輕倚到門板上，握緊門把大力向裡推，使其盡可能地脫離門框。我把賽璐珞片塞進這道變寬的縫隙裡，摸索到彈簧鎖的斜面，一聲咔嗒清脆響起，像一小根冰柱斷裂的聲音。我一動也不動地伏在門上，像一條魚懶懶地浮在水面。屋裡毫無動靜。我轉動門把，把門打開，推向那一片漆黑，再轉身像開門時那般小心輕手地把它掩上。

面前是一扇沒拉窗簾的長方形窗戶，街燈照進來，形成一個長方形，被一張辦公桌的桌角遮去一塊。辦公桌上一台蓋著罩子的打字機輪廓漸漸清晰起來，然後我看到了連接門上的金屬門把。這道門沒鎖，我打開它摸進三間辦公室的第二間，霎時雨點劈哩啪啦地敲上緊閉的窗戶，我趁機穿過房間。有光的那間辦公室房門開了一吋，透出一束極窄的扇形光線。一切正合我需要。我像隻走在壁爐架上的貓，躡手躡腳地靠近門鉸鍊的那一側，湊到門縫前窺看，但除了射在門框上的燈光，什麼也看不見。

那個低沉的嗡嗡聲此時頗為愉悅：「一個人如果對事情瞭如指掌，他當然可以穩穩當當地坐在那裡，對著別人指手畫腳。所以說你找過那探子了。唉，這就是你的錯了。艾迪很不高興。那個探子告訴艾迪有人開著一輛灰色普利茅斯尾隨他，艾迪當然想知道是誰幹的，目的為何。」

哈利．瓊斯輕笑一聲，「這與他何關？」

「這樣可對你沒任何好處。」

「你知道為什麼我去找探子。我告訴過你，是為了裘．波第的女人。她想離開，可她缺錢，她估計可以從那個探子手裡搞到一些。我自己手頭也是空空如也。」

嗡嗡聲和緩地說：「為什麼給她錢？探子是不會無緣無故送錢給無所事事的傢伙。」

「他可以弄到錢，他認識有錢人。」哈利．瓊斯笑了一聲，笑聲不大卻很勇敢。

「少跟我廢話，小個子。」嗡嗡聲變得有些刺耳，像是軸承裡捲進了細砂。

「好吧，好吧。你知道波第被幹掉是怎麼回事。那個瘋小子做得乾淨俐落，但事發當晚，這個馬羅剛巧也在屋裡。」

「這眾人皆知，小個子，他跟警方講了。」

「是啊……還有他沒說的。波第打算販賣一張史坦梧家小女兒的裸照，被馬羅一眼看穿。他們正為此爭辯時，史坦梧家小女兒竟然親自登門造訪……還帶著槍。她朝波第開了一槍，子彈射偏了，打碎了一塊玻璃。探子唯獨沒和警察提這段，艾格妮也沒說。她盤算著隱瞞下來或許能替自己弄到一筆跑路費。」

「這事和艾迪完全沒有關係？」

「你說說看有什麼關係？」

「這個艾格妮在哪裡？」

「與你無關。」

「告訴我，小個子。要麼在這兒，要麼去後面小伙子們對著牆丟銅板的房間。」

「她現在是我的女人了，卡尼諾，誰也別想把她扯進來。」

一陣沉默隨之而來。我聽著雨點猛拍在窗戶上，門縫中飄過來一股菸味，我不由得想要咳嗽，趕緊用力咬住手帕。

嗡嗡聲又開口了，語氣依然和緩：「據我所知，這個金髮婊子不過是蓋格僱來騙人的，我會和艾迪談談看。你敲了那個探子多少錢？」

「兩百。」

「到手了？」

哈利．瓊斯又哈哈一笑。「我明天和他碰面。希望很大。」

「艾格妮在哪兒？」

「聽著……」

「艾格妮在哪兒？」

一片靜寂。

「看看這個，小個子。」

我沒動。我身上沒槍。無須透過門縫，就能知道嗡嗡聲請哈利・瓊斯看的不外乎是一把槍。但我認為卡尼諾先生無非是想亮一下武器，未必會有進一步行動，於是我按兵不動。

「我看著呢，」哈利・瓊斯說，他勉強吐出這句話，聲音像是被牙縫卡住似的。「我也沒看到什麼以前沒看過的東西。請便，儘管開槍，看你能得到什麼好處。」

「你有好處，你能得到一件芝加哥外套[11]，小個子。」

靜寂。

「艾格妮在哪兒？」

哈利・瓊斯嘆了口氣。「好吧，」他疲憊地說，「她在法庭街二十八號的一棟公寓樓裡，班克山上面，三〇一號房。我到底還是個孬種，何苦為個婊子強出頭？」

11 美國俚語，意指棺材。

「沒必要，你很知情達理。你和我一起過去跟她談談。我只想搞清楚她有沒有要你，小個子。假設事情如你所說，那就萬事大吉。你們可以敲那探子一筆，然後跑你們的路。不生氣吧？」

「不，」哈利．瓊斯說，「完全不會，卡尼諾。」

「很好。我們來乾一杯。有杯子嗎？」嗡嗡聲此刻聽起來像女帶位員的假睫毛般虛假，像西瓜籽般滑溜。一只抽屜拉開，什麼東西磕在木頭上，椅子嘎吱作響，地板被刮擦的聲音。「這可是會上癮的好貨。」嗡嗡聲說。

汩汩的飲酒聲。「就像女士們說的，祝你的貂皮大衣裡長出蠹蟲來。」

哈利．瓊斯輕聲說：「祝成功。」

我聽到急促的咳嗽聲，接著是一陣劇烈的乾嘔。地板上砰地一聲，像是一只厚玻璃杯摔了下去。我的手指摳緊雨衣。

嗡嗡聲溫和地說，「你不會一杯就不行了吧，夥計？」

哈利．瓊斯沒有回答。粗重的喘息聲艱難地持續了片刻，接著是令人窒息的死寂。然後，椅子拖地的聲音。

「別了，小個子。」卡尼諾先生說。

腳步聲，咔嗒一聲，我腳邊那束燈光熄滅，一道門輕輕打開又闔上。腳步聲漸行漸遠，從容而自信。

我跨到門的另一側，拉開，藉著窗外投進的微弱亮光觀察黢黑的房間。辦公桌的一角微微泛著光，桌後的椅子上隱約可見一個隆起的身影，窒悶的空氣中溢著一股濃烈的味道，幾近香水味。我穿過房間去到走廊上細聽，聽到遠處電梯運行的隆隆聲。

我摸到電燈開關，燈光從天花板上三條銅鍊懸著的一個布滿灰塵的玻璃燈罩裡射出。哈利．瓊斯在桌子對面望著我，他雙眼圓睜，整張臉痙攣扭曲，皮膚發青。他長著黑髮的小腦袋歪向一側，身子直挺挺地靠在椅背上。

電車鈴似乎在無窮遠處叮叮響著，聲音在無數堵牆壁之間撞擊迴盪。桌上立著半品脫的棕色威士忌瓶子，瓶蓋開著。哈利．瓊斯的玻璃杯貼著一只桌腳輪閃閃發亮。另一只杯子不見了。

我用肺部頂端淺淺地吸了口氣，俯身湊到瓶子上方，波本威士忌的煙燻味底下隱約還有另一種氣味，苦杏仁的氣味。哈利．瓊斯的外套上有他死前的嘔吐物。必是氰化物無疑。

我小心地繞過他的身邊，從木質窗框的掛鉤上取下電話簿。接著我又把它丟下，拿起電話走到離死去的小個子盡量遠的地方。我打電話給查號台，有個聲音接聽。

「能不能幫我查法庭街二十八號三〇一號房的電話號碼？」

「請稍候。」那聲音交雜著苦杏仁味傳進我耳朵。片刻沉默之後，「號碼是韋恩伍斯區二五二八，號碼登記在格倫道爾公寓名下。」

我對那聲音道了謝，打通了號碼。電話鈴響了三聲，然後接通了，先是一陣收音機的嘈雜聲，隨即安靜下來。一個渾厚的男聲說：「哈囉。」

「艾格妮在嗎？」

「這裡沒有艾格妮，老兄。你撥的是什麼號碼？」

「韋恩伍斯二……五……二……八。」

「號碼沒錯，但妞兒錯了。真可惜，對吧？」男聲嘿嘿笑著。

我掛斷電話，又拾起電話簿查韋恩伍斯公寓的號碼。我打電話給公寓經理，眼前隱約浮現出卡尼諾在雨中飛車奔赴另一個死亡之約的景象。

「格倫道爾公寓，我是席夫先生。」

「我是警察鑑證局的沃理斯。你們那裡有沒有登記一位名叫艾格妮．樓茲爾的女孩？」

「你說你是誰？」

我又告訴他一次。

「請把你的號碼留給我，我會……」

「少來，」我厲聲說，「我有急事，到底有還是沒有？」

「沒有，沒這個人。」那聲音硬邦邦得像根麵包棍。

「有沒有一個綠眼睛高個子的金髮女人在你們這個破旅館登記？」

「喂，這裡不是什麼破旅館……」

「哦，少囉嗦，別廢話！」我用警察的腔調朝他吼著，「你要我派特警隊過去，把那裡搜個底朝天嗎？班克山莊的公寓樓是什麼地方，我一清二楚，先生，尤其是每間房都單獨登記了電話號碼的那種。」

「嘿，別激動，警官，我會合作。這裡是有幾個金髮女人，沒錯。哪裡沒有呢？但我沒特別留意她們的眼睛。你要找的那個是一個人住嗎？」

「一個人，也可能跟一個矮個子一起，那傢伙大約五呎三，一百一十磅左右，黑色眼睛很銳利，穿深灰色雙排釦西裝和愛爾蘭斜紋軟呢外套，灰帽子。我的情報是她住三〇一號房，但打過去卻被冷嘲熱諷了一番。」

「噢，她不住那間，三〇一號房住著幾個汽車推銷員。」

「謝謝。我會自己跑一趟。」

「別驚動房客，可以嗎？直接來我這裡，好嗎？」

「多謝，席夫先生。」我掛斷電話。

我擦去臉上的汗水，走到辦公桌盡頭的角落，面牆而立，一隻手拍了拍牆壁。我慢慢轉過身，望著小個子哈利·瓊斯正在椅子上扮著鬼臉。

「好吧，你把他耍了，哈利，」我大聲說道，那聲音連自己都覺得古怪，「你對他說謊，然後像小紳士一樣喝下氰化物。你死得像隻中毒的老鼠，哈利，不過你在我眼裡，絕非區區鼠輩。」

我非得搜他的身。這事真令人作嘔。他的口袋裡並沒有任何關於艾格妮的消息，我一無所獲。本來我也預料不會有，但我必須確認無誤，因為卡尼諾先生或許會回來。卡尼諾先生是那種自信十足的男人，不會介意重訪自己的作案現場。

我關上燈，正開門時，電話突然鈴聲大作，震動著牆壁護壁板。我聽著，下顎肌肉緊繃到發痛。我把門關上，又打開電燈，走過去接起電話。

「喂？」

一個女人的聲音。是她的聲音。「哈利在嗎？」

「剛走了，艾格妮。」

她停頓了片刻，然後慢慢說道：「你是誰？」

「馬羅，那個讓你頭痛的傢伙。」

「他在哪裡？」急促而大聲。

「我過來給他兩百塊交換消息。交易還算數，錢在我身上。你在哪裡？」
「他沒告訴你嗎？」
「沒有。」
「或許你還是問他比較好。他在哪兒？」
「我沒辦法問他。你知道有個叫卡尼諾的人嗎？」
她倒抽了一口氣，聲音清晰得彷彿她就在我身旁。
「你到底要不要這兩百塊？」我問。
「我……我非常需要，先生。」
「那就好，告訴我該把錢帶去什麼地方。」
「我……我……」她的聲音愈來愈小，然後突然帶著驚惶，急促地問道：「哈利在哪兒？」
「他嚇壞了，跑了。我們找個地方碰面……隨便哪裡都好……錢在我身上。」
「我不相信你……關於哈利的那些話。這是個陷阱。」
「噢，算了吧。我要是想抓哈利早就抓了，沒什麼理由設陷阱。卡尼諾不知怎地盯上了哈利，他就嚇跑了。我不想聲張，你不想聲張，哈利也不想聲張。」哈利已經無法聲張了，沒人能讓他再開口講話。「你不會以為我是在替艾迪．馬仕辦事吧，沒有吧，小天使？」

「不……不，我想不會。不是那樣。半小時後在威爾夏大道上的布洛克百貨公司見面，停車場東側入口。」

「好。」我說。

我把電話放回基座。苦杏仁的氣味夾雜著嘔吐物的酸臭味再次朝我湧來。死去的小個子男子靜靜地坐在椅子上，再無恐懼，再無變化。

我離開辦公室。昏暗齷齪的走廊裡沒有任何動靜，砂紋玻璃門的後面燈光全無。我從逃生梯走到二樓，從那裡往下看了看亮著燈的電梯廂頂。我按下電梯按鈕，電梯廂搖晃著緩緩上升。我又沿著樓梯跑下去，走出大廈時，電梯已經在我頭上。

雨勢又大了起來。我走進雨裡，沉重的雨點猛烈地抽打著臉，直到一滴雨點打到舌頭上，才意識到自己一直張著嘴巴。下顎兩側的痠痛告訴我，嘴巴不僅大開，且往後咧著，模仿著刻在哈利・瓊斯臉上的猙獰死相。

27

「把錢給我。」

灰色普利茅斯的引擎在她的聲音下突突作響，雨點則在她頭頂上方劈啪猛擊。布洛克百貨公司淺綠色塔樓頂上的紫羅蘭燈光懸在遠空，安謐而孤寂地注視著這座濕答答的幽暗城市。她伸出戴著黑手套的手，我把鈔票放上去。她俯下身，藉著儀表板上微弱的燈光清點數目。提包咔噠一聲打開，又咔噠一聲闔上。她從唇間呼了一口氣，筋疲力竭地往我這邊靠了靠。

「我要離開這裡，條子。我馬上就走。這是我的跑路費，天知道我有多需要它。哈利發生什麼事了？」

「我說過他跑掉了。卡尼諾不知怎地聽說了他。別管哈利了，錢已經給你，我要我的消息。」

「我這就告訴你。上上個星期天，裘和我開車在山麓大道上兜風，那時天色已晚，街燈開始亮起來，像往常一樣，路上很多車。我們駛過一輛棕色雙門小轎車，我瞥見開車的是個女孩，她旁邊坐著一名男子，深色皮膚，矮個子。那女孩是金髮，我以前見過，她是艾迪．馬仕的太太，旁邊那個傢伙是卡尼諾。這兩人中不論誰，都是只要你見過一面就絕不會忘掉的。於是裘從前面開車跟蹤那輛車，他在這方面很有一手。卡尼諾那條看門狗是帶她出門透氣的。瑞里托東邊大約一哩處，有條路彎向山丘地帶。往南是橘子園，往北則荒蕪得似地獄後院一般，緊靠山腳處有一家氰化物工廠，生產薰蒸殺蟲劑之類的東西。一下公路，就有家小車行，做些修車和噴漆的生意，老闆是個叫亞特．赫克的傢伙，多半是個藏匿贓車的窩點。車行後面有間小木屋，再後面就只有山丘，亂石地以及幾哩地之外的氰化物工廠了。她就藏身在此。他們拐下這條路，裘從前面掉頭兜回來，我們看到那輛雙門轎車轉向木屋的那條路。我們在那裡坐著等了半小時，看來往的車輛。沒有人再出來。等天色完全黑了，裘偷偷溜近，張望了一眼。他說屋裡有燈，收音機開著，門外就只停了一輛車，就是那輛雙門轎車。於是我們就離開了。」

她住了嘴，我聽著威爾夏大道上車輪駛過的唰唰聲。我說：「他們在那之後可能換過地點，但你能賣錢的消息也就這麼多了……這就是你能賣錢的消息了。確定是她？」

「你只要見過她一次，下次絕對不會認錯。再見，條子，祝我好運吧。這世道不公啊。」

「算了吧。」我說著穿過馬路，走向自己的車子。

灰色普利茅斯向前挪動，蓄足馬力加速猛衝，轉彎向日落大道的方向駛去。引擎聲漸漸消逝，隨之銷聲匿跡的還有金髮女郎艾格妮——至少對我而言。三個男人喪命，蓋格、波第還有哈利．瓊斯，而這個女人在雨中駕車離去，包裡裝著我的兩百塊，沒留下任何痕跡。我踩下油門，往市中心開去，吃了頓不錯的晚餐。要在雨中開四十哩路可謂長途跋涉，況且我還希望自己能開回來呢。

我往北過了河，接著進入帕薩迪納市。一穿過帕薩迪納市，我幾乎立刻置身於橘林當中。車前燈下，滂沱大雨猶如編織密實的雪白雨幕，雨刷幾乎來不及掃去雨水，視線始終模糊。可即便是這樣的涔涔暗夜也掩不去橘林清晰的輪廓，它沿路滾滾而去，像無盡的輻條，扯進夜空。

交錯的車輛發出撕心裂肺般的嘶嘶聲，掀起污濁的泥水。公路急轉穿過一個小鎮，鎮上盡是些包裝工廠和貨棚，鐵路支線穿梭其間。橘林愈漸稀疏，最終在我的南面低矮消失。公路開始爬升，空氣變得冷冽，北方蹲伏著的黑沉沉的山丘益發逼近，寒風順著山坡猛颮下來。又開了一會兒，黑暗的夜空中隱約現出兩盞黃色蒸氣燈，一塊霓虹招牌懸掛在蒸氣燈之間，亮著「歡迎光臨瑞里托市」。

寬闊的主街兩旁遠遠散落著一些宅用木屋，接著突然出現一堆商店——藥房雜貨店霧濛濛的玻璃窗後透出燈光，電影院門前蠅蟲般密密麻麻停著許多車輛，拐角處黑漆漆的銀行外牆上掛了一座時鐘懸在人行道上方，一群人立在雨中望向窗戶，好像有什麼戲碼在上演。我繼續向前開，曠野再次將我包圍。

命運導演了這齣戲。才出瑞里托大約一哩，公路上一個急轉彎，大雨捉弄了我，我開得太靠近路肩了。車子右前輪一聲淒厲的嘶叫，爆了胎，我還沒來得及停車，右後輪也爆了。我緊急剎車，車身一半在路面，一半在路肩。我走下車，打開手電筒四處察看。輪胎癟了兩個，而備胎僅有一個。一根粗大鍍鋅大頭釘的扁平屁股正在前胎上瞪著我。

公路邊緣撒滿了這東西，有人把它們掃到了路邊，但還不夠靠邊。

我啪地關掉手電筒，站在那裡呼吸著雨水，朝著前面岔路上的黃色燈光望去。那燈光似乎是從一扇天窗漏出來的。這扇天窗可能屬於一家車行，而車行有可能是由一個叫亞特·赫克的人經營的，車行旁邊還可能有一座小木屋。我下巴縮進衣領，朝著燈光走去，想想又兜回車上，從轉向柱上解下行車執照夾，塞進口袋。我彎腰探進方向盤下方，那裡有一塊厚活板，當我坐在駕駛座上時它正好在右腿正下方。活板後面藏著一個暗箱，裡面放著兩把槍。一把是艾迪·馬仕的小弟藍尼的，一把是我自己的。我取了藍尼的那把，想必它應該比我那把更有實戰經驗。我把它槍口朝下塞進內側口袋，向岔道邁去。

車行離公路大約有一百碼，面朝公路的是一堵空白側壁。我用手電筒迅速地晃了晃，「亞特．赫克——汽車修理與噴漆」。我暗笑一聲，這時哈利．瓊斯的臉浮現在我面前，我收住了笑。車行的門關著，但門下透著光，兩扇門之間的縫隙間也漏出一線光亮。我繼續向前走。那棟小木屋就在車行旁邊，兩扇前窗拉下百葉簾，裡面點著燈。木屋距離路邊相當遠，擋在一叢稀疏的樹木後面。門前的砂石車道上停著一輛車，光線昏暗看不真切，但那應該是輛棕色雙門小轎車，應該屬於卡尼諾先生。它靜靜地蹲踞在狹窄的木門廊前。

他或許偶爾會讓她開車出去兜兜風，自己就坐在旁邊，手裡可能還握把槍。這個拉斯帝．雷根本該娶，而艾迪．馬仕又留不住的女人，這個並沒和雷根私奔的女人。好一個卡尼諾先生。

我步履艱難地回到車行，舉起手電筒底座重重敲打木門。瞬間一片沉寂，猶如雷聲般沉重。屋裡的燈光熄滅了。我站在那裡咧著嘴，舔去嘴唇上的雨水。我用手電筒照著兩扇門正中央的縫隙，對著那白色光圈咧嘴笑。這裡正是我要找的地方。

有個聲音從門裡傳來，粗暴地問：「要幹什麼？」

「開門。我的車在公路上爆了兩個輪胎，但我只有一個備胎，我需要幫助。」

「抱歉，先生，我們已經打烊了。往西一哩地就是瑞里托市，最好到那邊試試。」

我可不喜歡這樣。我用力踹門，一腳又一腳。另一個聲音傳來，一個嗡嗡聲，好像牆後有台小型發電機。這個聲音正中下懷，它說：「自作聰明的傢伙，嗯？開門，亞特。」

門閂嘎吱一聲，半扇門向內打開。我手電筒的光在一張瘦骨嶙峋的臉上一晃，隨即一個亮閃閃的東西猛地砸下來，打掉了我的手電筒。一把槍指著我。手電筒在濕漉漉的地面發著光，我彎下腰，把它拾了起來。

那個粗暴的聲音說：「關掉那鬼東西，兄弟。有人因此自討苦吃。」

我關掉手電筒，直起身子。車行裡的燈亮了，勾勒出一個身著連身工作服的瘦高身影。他從門口退後幾步，槍口始終對準我。

「進來，把門關上，陌生人。看看我們能做點什麼。」

我邁進去，關上身後的門。我瞧著那個瘦骨嶙峋的男人，而不是另外那個工作台旁默不作聲的模糊身影。車行裡瀰漫著硝基漆加熱的味道，甜膩而陰險。

「你昏頭了嗎？」瘦子斥喝我，「今天中午瑞里托發生了一起銀行搶劫案。」

「請原諒我，」我說道，想起冒著雨朝銀行裡張望的那群人，「不是我搶的，我是外地來的。」

「嗯，反正是出事了，」他陰鬱地說，「有人說是幾個小混混幹的，已經被圍到這邊的山裡了。」

「這樣的晚上實在很適合躲藏，」我說，「料想大頭釘也是他們撒的，我輾到了幾支。我想你應該也正好需要生意上門。」

「你那張嘴從沒被人搧過，是不是？」瘦子旋即回問我。

「沒被你這種量級的搧過。」

陰影處的那個嗡嗡聲說道：「別再放狠話了，亞特。這傢伙遇到點麻煩。你是開車行的，不是嗎？」

「多謝了。」我說，但依舊沒有看他。

「好吧，好吧，」瘦子嘟囔著。他把槍塞進衣服的翻袋口袋裡，咬著指關節悻悻地瞪著我。硝基漆的味道和乙醚一樣令人噁心。角落裡，吊燈下，有輛看起來頗新的大轎車，擋泥板上擱著一把噴漆槍。

此時，我才向工作台旁的男人看過去。他個頭不高，體型壯碩，肩膀寬實，有一張冷酷的臉和一對冷漠的黑眼睛，身穿一件繫著腰帶的棕色麂皮雨衣，上面滿濺著雨點，一頂棕色帽子隨意斜扣在頭頂。他背靠著工作台打量我，不緊不慢，神情漠然，好像他在看的是一塊冷凍肉，或許所有人在他心目中都無非如此。

他的黑眼珠緩緩地上下掃著，然後抬起手來，對著燈光逐一審視每片指甲，仔細端詳，就像好萊塢教人們做的那樣。他叼著香菸發話了。

「我在拐彎處略微打了滑。」

「爆了兩個胎，嗯？夠倒楣的。我以為他們把那些大頭釘清乾淨了。」

「你說你是外地人？」

「路過，要去洛杉磯。還有多遠？」

「四十哩。這種天氣開起來感覺更遠。什麼地方來的，外地人？」

「聖塔羅莎。」

「過來很遠啊，嗯？太浩湖和孤松鎮那邊？」

「沒太浩湖那麼遠。雷諾和卡森市那一帶。」

「還是很遠。」他嘴角一彎，笑容一閃即逝。

「犯了什麼法嗎？」我問他。

「呃？不，當然沒有。你大概覺得我們太好管閒事了，只怪鎮上那起搶劫案。拿上千斤頂，去把他的輪胎卸下來，亞特。」

「我正忙著呢，」瘦子吼道，「我手上還有活兒，得給這輛車噴漆。何況還在下雨，你應該也看到了。」

棕衣男子和顏悅色地說：「天氣太潮了，不適合噴漆，亞特，快去吧。」

我說：「前胎和後胎，都在右邊。要是你忙的話，其中一個換備用胎就可以。」

「帶上兩個千斤頂，亞特。」棕衣男子說。

「喂，我說——」亞特咆哮起來。

棕衣男子轉了轉眼珠，溫和地朝亞特瞪了一眼，隨即近乎羞澀地垂下眼睛。他沒說話。亞特渾身一震，好像被一陣勁風迎面撞上。他跺著腳走去角落，在工作服外面套上一件橡膠雨衣，戴上雨帽，抓起一把套筒扳手和手提式千斤頂，推著一台輪式千斤頂走向門口。

他悶聲不響地走出去，任由大門開闔。暴雨傾瀉而入。棕衣男子踱步過去，把門關上，又踱回工作台，屁股不偏不倚地靠回原處。此刻我本可以制服他的，只有我和他兩個人，他並不知道我是誰。他漫不經心地瞧著我，把香菸丟到水泥地上，看也不看就一腳踩滅。

「我打賭你肯定想喝一杯，」他說，「滋潤下腸胃，濕一濕內外就平衡了。」他從身後的工作台拿出一瓶酒放在台緣上，在旁邊擺了兩只玻璃杯。他往每只杯子裡都倒了些酒，然後舉起一杯遞向我。

我像個木偶人般走過去接下酒杯，臉上還餘留著雨水的寒意，噴漆加熱的味道簡直像是給車行窒悶的空氣下了毒。

「那個亞特啊，」棕衣男子說，「跟所有的修車工一個樣，總是在忙上星期就應該幹完的活兒。你是出公差嗎？」

我不露聲色地嗅了嗅酒，氣味正常，看著他喝了一些下去，我才開始喝我的那杯。我把酒在舌尖上滾了一圈，裡面沒摻氰化物。我把玻璃杯裡的酒飲盡，放到他身旁，然後靠到一邊。

「半公半私吧。」我說著走向噴了一半漆的轎車，擋泥板上還擱著一把大型金屬噴槍。雨點重重地砸在車行平坦的屋頂上。此時亞特正在雨地裡罵罵咧咧地幹著活。

棕衣男子瞧了一眼這輛大轎車。「起初只需要噴一小塊漆，」他毫不經意地說，酒精讓他那嗡嗡的嗓音更加柔和，「但是那傢伙有錢，而他的司機想要撈一點。你懂得這種行業的。」

我說：「還有一種行業比這更古老。」我的嘴唇發乾，不想再講話了。我點了根菸，希望輪胎快點修好。時間緩步流逝。棕衣男子和我，兩個萍水相逢的陌生人，隔著那個名叫哈利・瓊斯的小個子死人彼此對視，只是棕衣男子尚未知曉罷了。

外面傳來嘎吱嘎吱的腳步聲，門被一把推開。燈光照在道道雨束上，把它們染成縷縷銀絲。亞特陰著臉把兩個沾滿泥漿的癟輪胎滾進來，抬腳把門踹上，一個輪胎翻滾著倒在門口，他惡狠狠地看著我。

「你可真會挑支千斤頂的地方。」他咆哮道。

棕衣男子哈哈大笑，從口袋裡掏出一卷鎳幣，拿在掌心裡拋上拋下。

「別發牢騷了，」他乾巴巴地說，「快把輪胎補好。」

「我這不是正在補嗎？」

「嗯，那就別再哼哼唧唧地好像唱歌一樣了。」

「哼！」亞特除下橡膠雨衣和雨帽，一把甩開。他把一個輪胎抬到支撐架上，狠狠地撬下輪圈，拆除內胎，迅速冷貼補好。他怒氣沖沖地大步跨到我身旁的牆邊，抓起一根氣泵軟管給內胎打足氣，直到它鼓脹起來。然後他扯掉管子，任由軟管噴嘴甩到白粉牆上。

我站在那裡，瞧著那卷鎳幣在卡尼諾手中上下起舞，肌肉緊繃的那刻已經過去。我扭過頭，看著身邊這名瘦子修車工，他把打足氣的內胎往上一拋，然後張開雙臂接住，兩隻手各抓住內胎的一側。他沒好氣地檢查了一番，又瞥一眼角落裡盛滿髒水的大鍍鋅桶，嘴裡發出嘟囔聲。

他倆配合得簡直是天衣無縫，我沒看到任何暗號、任何別有深意的眼神、任何有特殊含義的手勢。瘦子將硬邦邦的內胎高高舉起，眼睛盯著看，他突然扭過半個身子，一個箭步，將內胎猛地朝我的頭和肩膀扣下來套住。一記完美的投環。

他在我身後跳起，重重壓在內胎上。他全身的重量勒在我的胸口，我的上臂死死地被卡在身體兩側。我的手還能動，但搆不到口袋裡的槍。

棕衣男子幾乎像跳舞般穿過房間向我而來。他緊握著手裡的那卷鎳幣，走到我的面前，悄無聲息，面無表情。我向前俯身，試圖拋翻亞特。

握著鎳幣卷的重拳穿過我張開的雙手，就像石頭穿越一片塵埃。我瞬間一陣暈眩，燈影搖擺，眼前視線變得模糊，但我還看得見。他又給了我一拳，我的頭已經失去痛感，明晃晃的燈光更加灼亮，除了刺痛雙眼的一片白光外，什麼都不存在了。接著一片黑暗襲來，黑暗中有些紅色東西像顯微鏡下的細菌般在蠕動。隨後沒了亮光，沒了蠕動，只剩黑暗，只剩虛無，一陣疾風如巨樹轟然倒地。

28

似乎有名女子，她正坐在一盞檯燈旁，明亮的光線之下，她彷彿和那裡融為一體。另一盞燈刺目地直射在我的臉上，於是我復又瞇上眼睛，勉強透過睫毛看她。她渾身泛著白金色的光，頭髮像銀質水果盅那般閃亮。她穿著一襲綠色針織洋裝，白色翻領又寬又大，腳邊一只稜角分明的光面提包。她抽著菸，肘旁一杯琥珀色液體，杯子細長而淡雅。

我小心翼翼地偏了偏頭，會痛，但不比我預想得更糟。我發現自己被五花大綁，活像一隻準備送入烤箱的火雞。兩隻手腕被一副手銬反銬在身後，有條繩子從中穿過，綁住我的腳踝，再牽到我此刻躺著的棕色長沙發的尾端，垂到我視線不及的地方。我狠命動了動，確定繩子確實綁得很牢。

我停止這些鬼鬼祟祟的小動作，再度睜開雙眼，說：「哈囉。」

那女人收回凝在某處遠峰上的目光，將小巧、堅實的下巴緩緩轉向我。她的眼眸如高山湖泊般湛藍。雨滴依然敲打著屋頂，聽起來卻很遙遠，似乎那是一場與我無關的霪雨。

「感覺怎樣？」她的嗓音銀鈴般悅耳，和她的頭髮很相襯，其中還夾著細細的叮噹聲，好像玩偶屋裡的小鈴鐺。這個念頭甫自浮出，我就覺得蠢透了。

「好得很，」我說，「有人在我的下巴上蓋了座加油站。」

「你指望得到什麼呢，馬羅先生……一捧蘭花？」

「一口普通的松木棺就好，」我說，「不必費心裝什麼銅把手或銀把手，也不必把我的骨灰撒進蔚藍的太平洋。我更喜歡蠕蟲，你知道蠕蟲是雌雄同體，任何一條蠕蟲都可以和另外一條談情說愛嗎？」

「你的頭還在發昏吧？」她說著，嚴肅地瞪了我一眼。

「你介意移開這盞燈嗎？」

她起身走到沙發後面，把燈關上，房間昏暗下來。原來昏暗也是種幸福。

「我倒不覺得你是個危險人物。」她說。她身材高䠷，但絕非竹竿；雖苗條但不乾癟。她坐回椅子上。

「所以你知道我的名字。」

「你睡得很沉。他們有充足的時間翻遍你所有的口袋。他們什麼都幹了，就差給你抹香油防腐了。原來你是個偵探。」

「從我身上就搜出這麼點兒東西？」

她默然不語。煙霧自香菸朦朦朧朧浮起，她揮手驅散。她的手纖小而精緻，不似時下常見的那種好像園藝耙子般瘦骨嶙峋的女人手。

「幾點了？」我問。

她偏過頭，透過裊裊煙霧，藉著檯燈靜謐柔和的燈光外緣，瞟了一眼手腕側面。

「十點十七分。你有約會嗎？」

「有也不意外。這棟房子在亞特．赫克車行旁邊？」
「是的。」
「那兩位仁兄在幹什麼呢……挖墓坑嗎？」
「他們得出去一趟。」
「是說他們留你一人在這裡？」
她又緩緩地把頭轉過來，微微一笑，「你看上去不怎麼危險。」
「我還以為他們把你囚禁在這裡呢。」
她聽到這話似乎並不吃驚，甚至還覺得有些好笑：「你為什麼會這樣以為？」
「我知道你是誰。」
她湛藍的雙眼銳利一閃，我幾乎看見那一瞥如利刃晃過。她抿緊嘴唇，但聲調絲毫未變。
「那你的處境恐怕不妙，而我厭惡殺人。」
「而你是艾迪．馬仕的太太？真丟臉。」
她有些不悅地瞪了我一眼。我咧嘴一笑。「除非你能解開這副手銬，不過我不建議你這麼做，或者你可以把擱在一邊的那杯酒分一口給我。」
她把玻璃杯端過來，酒中氣泡升騰就像虛幻的希望。她俯身靠近我，氣息如小鹿眼睛那般纖柔。我就著酒杯灌了幾大口。她把杯子從我嘴邊移開，看著些許酒液淌下我的頸項。

她再次朝我俯下身，血液開始在我全身湧動，彷彿正考察著心儀居所的未來房客。

「你的臉看起來就像船上的一塊破防水墊。」她說。

「盡量觀賞吧，即使是現在這副樣子也不會維持太久。」

她倏地扭頭，側耳傾聽，臉色瞬間變得蒼白。那只不過是雨水橫打到外牆上的聲響。她走回房間的另一端，側對著我，身子微微前傾，俯視著地板。

「你為什麼要來這裡以身犯險呢？」她平靜地問道，「艾迪並沒有得罪你。你完全清楚，如果我不躲在這裡，警察會一口咬定是艾迪殺了拉斯帝·雷根。」

「就是他殺的。」我說。

她沒有動，連姿勢也未改變分毫，喘息聲變得粗重而急促。我四下環顧房間。有兩扇門，都開在同一面牆上，其中一扇半敞著。紅棕相間的方格地毯，窗前掛著藍窗簾，牆上貼著蔥綠松樹的壁紙，家具像是從在巴士座椅上張貼廣告的那種地方弄來的，顏色明快豔麗，卻拒人於千里之外。

她輕聲說：「艾迪沒動過他，我已經好幾個月沒見到拉斯帝了。艾迪不是那種人。」

「你早已不和他同床共枕，不一起生活了，你自己一個人住。有人在你住所附近指認出了雷根的照片。」

「胡說。」她冷冷地說。

我努力回想葛雷高利隊長到底有沒有這樣說過，但這會兒腦袋昏沉如漿糊，實在無法確定。

「況且那也根本不關你事。」她補了一句。

「整件事都關我的事。我受僱查明此事。」

「艾迪不是那種人。」

「噢，你對幹非法行業的情有獨鍾。」

「只要有人要賭，就會有賭場。」

「那不過是自欺欺人。一旦踏出界線，就會一條道走到黑了。你認為他不過是個開開賭場的賭徒，我卻認為他還販賣色情刊物、敲詐勒索、倒賣贓車、教唆殺人、賄賂黑警。但凡他認為對己有益，有利可圖的勾當，都會摻一腳。別跟我說什麼靈魂高尚的黑幫俠客，靈魂高尚的可不是這種作風。」

「他不是殺人犯。」她皺起眉頭。

「他不必親自動手，他有卡尼諾。卡尼諾今晚才殺掉一個人，一個想幫別人逃走的無辜小個子。我幾乎算是親眼目睹。」

她疲憊地笑了笑。

「好吧，」我低吼道，「不信算了。如果艾迪真的為人這麼好，我倒是很願意和他談談，但卡尼諾不能在。你知道卡尼諾會怎麼幹……打掉我的大牙，然後又因為我咕噥了幾聲就踹上我的肚子。」

她抬起頭來，站在那裡若有所思，沉吟不語，想要理出個頭緒來。

「我以為白金色的頭髮已經不流行了，」我沒話找話，只不過想讓房間裡有些聲響，避免去聽外面的聲音。

「是假髮，傻瓜。我自己的還沒長長。」她抬起手，一把扯掉假髮，露出前前後後都剪到極短的頭髮，像個小男孩般。她又把假髮戴好。

「誰把你弄成這個樣子？」

她一臉驚訝。「我自己要剪的，怎麼了？」

「是啊。怎麼了？」

「怎麼了，為了要證明給艾迪看，我是心甘情願做他要我做的事……躲起來。他不需要派人看著我，我不會讓他失望。我愛他。」

「天哪，」我呻吟了一聲，「而你竟然就這樣讓我和你共處一室。」

她翻過一隻手掌，瞪著它出神，然後突然走出房間，回來時，手裡多了一把廚刀。她俯下身子，開始割捆綁住我的繩子。

「手銬的鑰匙在卡尼諾身上，」她喘著氣，「那玩意我無能為力。」

她退後一步，氣喘吁吁地。她把所有的繩結都割斷了。

「你這人可真有意思，」她說，「一開口就是開玩笑……哪怕置身於這種處境。」

「我原本以為艾迪不會殺人。」

她迅即轉過身，走回檯燈旁的那張椅子坐下，臉埋進雙手中。我甩腿下地，站起身來，感覺腿腳發僵，踉踉蹌蹌走了幾步，左半邊臉的每一簇神經都在抽搐。我邁出了一步，仍能走路。若必要的話，我還能跑。

「我猜你是要讓我走了。」我說。

她點點頭，臉依舊埋在手裡。

「你最好和我一起離開……如果你還想活命。」

「別浪費時間。他隨時都會回來。」

「替我點根菸。」

我站在她身旁，碰了碰她的膝蓋。她猛然站起身，我們相距不過數吋。

「哈囉，銀假髮。」我柔聲說。

她向後退，繞過椅子，從桌上抄起一包香菸，抖出一根，粗魯地塞進我嘴裡，手不住地顫抖，然後啪地一聲打著一只小巧的綠色皮質打火機，把它湊到香菸前。我吸了一口菸，凝視著她湖水藍的眼眸。趁她還在我近前，我說道：

「一隻叫哈利．瓊斯的小鳥將我引到你這裡來。一隻以前經常出入雞尾酒吧，收幾筆馬票賭注換點小錢，同時趁機蒐羅些情報的小鳥。這隻小鳥聽說了卡尼諾的一些事情，而他和他的朋友們又湊巧發現了你的藏身之處，於是他找上我，向我兜售這份情報，因為他知道……這說來話長……我在幫史坦梧將軍辦事。情報到了我的手上，可小鳥卻落到了卡尼諾手上，它現在已經是死鳥一隻，羽翼凌亂，頸項折斷，鳥喙上還凝著一滴血。卡尼諾殺了他。但艾迪．馬仕不會做這種事，是吧，銀假髮？他從不殺人，他只不過僱人殺人而已。」

「滾出去，」她厲聲喝道，「快離開這裡。」

她的手握住綠皮打火機舉在半空中，手指扣緊，指節慘白如雪。

「不過卡尼諾不知道我了解情況，」我說，「關於小鳥的情況。他只知我正四處打探。」

她放聲大笑，這笑聲幾近痛苦，她渾身顫抖彷彿被狂風撼動的大樹。我感覺到笑聲中挾著困惑，不盡是訝異，更像是對已知事物注入了新想法卻發覺相互牴觸。繼而我又暗忖，對她這一笑我實在有些穿鑿附會了。

「實在是太有趣了，」她笑得喘不過氣來，「非常有趣，因為，你知道……我仍舊愛著他。女人們……」她又大笑起來。

我豎起耳朵聽著，頭一陣抽痛。外面依然只有雨聲。「我們走吧，」我說，「快。」

她退後兩步，臉色一凜。「出去，你！出去！你可以步行到瑞里托。你辦得到……你也能閉緊嘴巴……至少這一兩個小時。你起碼欠我這個。」

「我們一起走，」我說，「有槍嗎，銀假髮？」

「你知道我不會走的。你明明知道。求求你，趕快離開這裡。」

我邁步向前靠近她，幾乎貼上她的身體。「你放了我，還打算待在這裡？等著那個殺手回來，好對他說抱歉？那傢伙殺人就像拍死一隻蒼蠅。就這麼簡單，你必須跟我一起離開，銀假髮。」

「不。」

「假設，」我低聲說，「確實是你那位英俊的丈夫殺了雷根呢？或者假設是卡尼諾幹的，而艾迪並不知情。假設一下就好。放我走之後，你還能活多久？」

「我不怕卡尼諾。我終歸是他老闆的太太。」

「艾迪只是一丁點玉米粥，」我怒吼，「卡尼諾用一根茶匙就能把他解決了。他會像貓對付金絲雀那樣對付艾迪。一丁點玉米粥罷了，你這樣的女孩愛什麼人都可以，就是不應該愛上玉米粥。」

「出去！」她幾乎要朝我啐口水了。

「好吧。」我轉過身背對她，穿過那扇半開的門踏進一條黑漆漆的走道。這時，她追上來從我面前擠過衝到前門，把它打開。她把頭探進濕答答的雨夜裡張望，凝神靜聽，然後示意我出去。

「再見，」她壓低聲音說，「祝你一切順遂，唯獨一件事，艾迪沒殺拉斯帝．雷根。哪天雷根願意現身時，你就會發現他在某個地方安然無損地活著呢。」

我靠向她，用身體把她壓在牆上，嘴唇貼上她的臉，就這樣對她說話。

「不必急。冥冥之中自有安排，每個細節都精心排演，時間精準到毫秒不差，就像是電台的節目。根本不必急。吻我，銀假髮。」

在我唇下，她的臉冷得像冰一般。她抬起雙手，捧住我的頭，狠狠吻在我的嘴唇上。她的唇亦如冰一般。

我走出去，門在我身後闔上，無聲無息。雨斜灌進門廊，遠不及她的唇冰冷。

29

隔壁的車行漆黑一片。我穿過砂石車道和一片濕爛的草地。雨水在車道上匯成條條細流，汩汩流入另一側的水溝裡。我沒戴帽子，一定是掉在車行了，卡尼諾懶得費心還給我，他以為我再也用不上它了。我想像此時他正在雨中驅車歸來，揚揚得意，隻身一人，那個陰鬱的瘦子亞特以及那輛八成是偷來的轎車都被他留在某個安全的地方。銀假髮愛艾迪．馬仕，為了保全他，情願躲藏。所以卡尼諾回來時會發現她仍在原處，靜靜地坐在檯燈旁，手邊的酒完全沒有碰過，而我被結結實實地綁在長沙發上。他會把她的物品都搬去車上，再仔仔細細把屋子檢查一番，確保沒有留下任何罪證。他會讓她到外面等。她不會聽到槍聲。近距離，一根皮革鐵棒照樣管用。他會告訴她，他把我捆著留在那裡，反正過一陣子我自己就可以掙脫。他認為她真是那麼傻。好一個卡尼諾先生。

雨衣的前襟敞著，我雙手反銬無法扣上。雨衣下襬拍打著我的雙腿，彷彿是隻疲憊的大鳥拍動翅膀。我走上了公路。汽車疾馳而過，車頭燈照亮車輪捲起的圈圈水渦，輪胎輾過路面的沙沙聲轉瞬即逝。我在之前的停車處找到了我的敞篷車，兩個輪胎都已補好裝上，必要時可以隨時開走。他們倒是設想周到。我鑽進車子裡，側身探到方向盤下方，摸索著掀起暗箱的皮革翻蓋，取出另外一把槍塞在雨衣裡面，然後再往回走。天地窄小，狹仄，一團漆黑。它僅屬於卡尼諾和我。

半途中，兩道車頭燈光幾乎掃到我身上，隨即轉向朝公路出口掃去，我順著路面斜坡翻身滑進水溝，撲在水中嗆了好幾口。那輛車從旁邊隆隆駛過，並未減速。我抬起頭，聽到車輪離開公路拐上砂石車道的刺耳聲音。引擎熄掉，車燈熄滅，車門砰地一聲。我沒聽到木屋傳來關門聲，但樹叢間瀉出點點燈光，像是一扇窗戶拉開了窗簾，抑或是走廊裡點上了燈。

我回到濕爛的草地，蹚著泥漿走過去。那輛車停在我和屋子之間，手槍垂在我身體右側，我盡量把槍口抬起，左臂差一點就要脫臼了。車燈黑著，裡面空無一人，車身還有餘溫，散熱器裡的水還在歡快地汩汩流動。我朝車裡瞧了一眼，鑰匙還插在儀表板上。卡尼諾對自己實在很有把握。我繞到車子另一側，躡手躡足地穿過砂石道，貼到窗前細聽。沒有說話聲，沒有任何動靜，只有雨點打在排水溝底部金屬彎管上發出的急促咚咚聲。

我繼續聽著。沒有嘈雜吵鬧聲，一切都安謐恬適。他大概正對她嗡嗡低吼，她會告訴他，她放我走，而我承諾會放他們一馬。他不會相信我，正如我也不會相信他。所以他不會在裡面待太久。他會立即帶著她一起上路。我只需待蛇出洞。

可我等不了。我把槍換到左手，俯身撈起一把碎石，拋向紗窗。力不從心，沒有幾顆碰到紗窗頂上的玻璃，不過那零星的咔嗒聲響已如大壩決堤。

我跑回車旁，踩在尾門踏板上。木屋的燈光已然熄滅，可再無其他動靜。我悄悄伏在踏板上，等待著。不行。卡尼諾太狡猾了。

我直起身，倒退縮進車子，摸索了一陣，找到點火鑰匙，扭動了一下。我伸腳去探，並沒觸到啟動裝置，那它應該在儀表板上。最後總算被我找到，撥了一下，車子發動了。尚未冷卻的引擎立刻轉動起來，發出輕柔而心滿意足的突突聲。我又溜下車，蹲在後輪旁邊。

我渾身顫慄，但我知道卡尼諾是不會喜歡這最後一招的。他非常需要這輛車。一扇黑洞洞的窗子一吋一吋往下滑動，若非窗玻璃上的反光有些許移動，我還未能發覺。窗口突然噴出火光，三彈連發，子彈呼嘯而至。車窗被炸開了花。我假裝痛苦地慘叫一聲，這聲慘叫漸漸變為慘厲的呻吟，呻吟轉為被鮮血嗆住的咯咯聲，我讓這令人作嘔的咯咯聲逐漸弱下去，最後化作透不上氣來的一聲哽咽。演得漂亮，我自己很滿意，卡尼諾更是滿意。我聽到他在大笑，笑聲如雷鳴般低沉洪亮，和他講話時的嗡嗡喉音毫不相像。

接下來是片刻沉寂，只有劈啪的雨聲和汽車引擎平穩的震動聲。之後，房門徐徐打開，暗夜之中一方更深的黑暗。一個人影小心翼翼地出現在門口，脖子上一圈白色。是她的衣領。她僵硬地走上門廊，像個木雕女人。我瞥見她的銀色假髮泛著淡淡白光。卡尼諾藏頭藏尾地縮在她身後，一副煞有介事的架勢，簡直有些好笑。

她步下台階。此時我可以看到她慘白凝滯的面孔。她開始向車子走過來，她是卡尼諾的擋箭牌，以防萬一我還能朝他眼裡啐上一口的話。她的聲音穿透嘈嘈的雨聲，緩慢而平板：「我什麼也看不見，拉西。車窗上全是水氣。」

他嘟噥了一句什麼，女子的身體倏地挺直，像是被他用槍頂了一下後背。她又往前走了幾步，更接近這輛沒有燈光的車子。這下我能看到躲在她身後的他了，他的帽子，他的側臉，他的壯碩肩膀。女子陡然止步，尖叫起來。一聲哀婉而撕心裂肺的尖叫，像一記左勾拳，令我震撼。

「我看見他了！」她尖叫道，「車窗那裡，方向盤後面，拉西！」

他像一桶鉛塊墜入陷阱。他粗暴地把她推到一旁，一躍而上，手一揚，又是三道火光劃破黑暗。更多的玻璃爆裂。一顆子彈穿過車窗，射中我身旁的一棵樹。另一顆子彈呼嘯著飛向遠處。而引擎依舊平靜地轉動著。

他伏下身，蹲在暗處，一陣火光之後，他那灰撲撲、面目模糊的臉孔似乎又漸漸重現。假設他拿的是一把左輪手槍，子彈可能已經打光，也可能還沒有。他已經開了六槍，但有可能在屋裡重新裝過子彈。但願如此，我不希望他手裡是把空槍，不過那也可能是一把自動手槍。

我說：「完了嗎？」

他猛然轉向我。或許我該更有風度地容他再射上一兩槍，就像老派紳士那般。但他的槍還舉在手上，我無法再等下去，也沒有時間扮成老派紳士了，我朝他連開四槍，那把柯爾特一下下撞擊著我的肋骨。槍從他手裡彈飛出去，像是被一腳踢掉般。他伸手去捂腹部，我聽到那雙手在他身上重重一拍，他便直挺挺地向前栽倒，兩隻大手仍抱著身體。他臉朝下撲倒在濕漉漉的砂石道上，之後再沒發出一絲聲響。

銀假髮也沒發出聲響。她僵直地站著，雨水紛亂地打在身上。我繞過卡尼諾，不知何故地踢開他的槍。隨後我又跟過去，側身彎腰把槍撿起。這下我就站到她的身邊了。她鬱鬱地開口，好像在自言自語：

「我……我就擔心你會回來。」

我說：「我們有約。我告訴過你，這一切自有安排。」我像個傻瓜一樣放聲大笑起來。

隨後她朝他彎下腰，在他身上摸索著。不一會兒，她直起身，手裡捏著一把拴在細鍊上的鑰匙。

她略帶氣惱地說：「你非得殺死他不可嗎？」

我驀地止住笑聲，像我開始大笑時一樣突然。她走到我身後，打開手銬。

「是的，」她輕聲說，「我想你非得這麼幹。」

30

又是新的一天，陽光再度普照大地。

失蹤人口調查局的葛雷高利隊長從辦公室窗戶沉重地望出去，看著司法局大樓圍著柵欄的高樓層。大雨過後，大樓變得更加白亮而乾淨。他笨重地轉過旋轉椅，用帶著燙傷疤痕的大拇指填實菸斗，陰鬱地盯著我。

「這麼說你又惹麻煩了。」

「噢，你聽說了。」

「老弟，我整天屁股不挪窩地坐在這裡，看上去好像沒長腦子，但我聽到的事情一定會令你大為震驚。打死這個卡尼諾我想應該沒什麼問題，可我也不覺得刑事組的弟兄們會給你戴枚獎章。」

「最近我身邊命案不斷，」我說，「一直還沒我的份。」

他耐心地笑笑：「誰告訴你躲在那裡的女人是艾迪．馬仕的太太？」

我告訴了他，他仔細聽罷，打了個呵欠，舉起托盤似的手掌拍拍鑲了金牙的嘴巴，「我猜你覺得我早該找到她了。」

「是個合理的推測。」

「或許我知情，」他說，「或許我認為，艾迪和他的女人想要玩玩這種小遊戲，比較聰明的辦法……或者我認為最聰明的辦法……就是讓他們自以為已經瞞天過海。不過你可能還認為我是出於某些私人原因才存心放艾迪一馬的。」他伸出一隻大手，用大拇指捻了捻食指和中指。

「不，」我說，「我並沒有這麼想過，即使艾迪似乎對那天你我在這裡的談話瞭若指掌，我也沒這麼想過。」

他挑起眉毛，但這彷彿是很費力的招式，而他已很久疏於練習，整個額頭因此布滿了皺紋，待它平展後，又橫出道道白線，我看著它們漸漸轉紅。

「我是警察，」他說，「只是個普普通通的警察。還算誠實，在這個已經不時興誠實的世界，你也只能指望一個人誠實到這種地步了。這也是我今天早晨找你過來的主要原因。我希望你能相信我的話。身為警察，我當然希望看到法律得勝，我希望看到那些穿金戴銀、衣冠楚楚的惡棍如艾迪．馬仕之徒和貧民窟裡長大的窮小子們一起做苦工，在佛森的監獄採石場折斷他們精心修剪的指甲，要知道那些窮小子們第一次犯法就被逮個正著，從此再無出頭之日。這是我希望看到的。你和我都活得夠久，久到不相信有朝一日這樣的希望會實現。不會在這座城市，不會在任何一座即便只有它一半大的城市，不會在這個廣闊、興盛又美麗的美利堅合眾國的任何地方。我們根本不是照這個樣子治理國家的。」

我一語不發。他猛一仰頭，噴了口煙，瞧了一眼菸嘴，繼續說道：

「但那並不意味著我認為是艾迪．馬仕幹掉了雷根，或者有理由幹掉他，又或者有理由並且已經幹掉了他。我只不過認為他可能知道些內情，有些事情遲早會大白於天下。把自己太太藏到瑞里托實在很幼稚，不過自作聰明的傢伙會把這種幼稚視為聰明。昨晚地方檢察官盤問過他之後，我把他叫來這裡，他全都承認了。他說自己知道卡尼諾是個可靠的保鏢，僱他是為了這一點。他不了解也不想了解對方的任何癖好。他不認識哈利．瓊斯，也不認識裘．波第。他當然認識蓋格，不過聲稱並不知曉對方的行業。我猜這些你全聽過了。」

「沒錯。」

「你在瑞里托做得挺聰明，老弟，沒試圖隱瞞。如今無法鑑定的子彈我們都會存檔留證，或許哪天你還會再用到那把槍，到時候你可就有口難辯了。」

「我確實做得挺聰明。」我說，斜睨了他一眼。

他磕出菸斗裡的菸灰，若有所思地低頭看它。「那女人怎麼樣了？」他問，並沒抬頭。

「不知道。他們沒有羈押她。我們做了筆錄，一式三份，一份給韋德，一份給警長辦公室，一份給刑事局。他們放她走了。那之後我就沒見過她了，以後也不指望再見。」

「算是個好女人，他們說，不是個耍花招的人。」

「算是個好女人。」我說。

葛雷高利隊長嘆了口氣，搔了搔灰褐色的頭髮。「還有一件事，」他口氣幾近和藹地說，「你看起來是個不錯的傢伙，不過行事太莽撞冒失。要是你當真想幫史坦梧一家……就別再管他們的事。」

「我想你說得對，隊長。」

「你現在感覺如何？」

「好極了，」我說，「我幾乎一整晚挺在各種各樣的地毯上挨訓。在此之前我渾身濕透，還被人狠揍。我此時的狀態堪稱完美。」

「你他媽的還指望什麼呢，老弟？」

「就這樣了。」我站起身，對他咧咧嘴，朝門口走去。快要走到時，他突然清清喉嚨，相當嚴厲地說，「我是在白費唇舌，嗯？你還是認為你可以找到雷根？」

我轉過身，直視著他的眼睛，「不，我不認為我可以找到雷根，我甚至不會去嘗試。這樣合你意了吧？」

他緩緩點頭，然後聳聳肩，「我都不曉得這麼講到底是為什麼。祝你好運，馬羅，有空過來坐坐。」

「多謝，隊長。」

我走出市政府，到停車場取車，開回赫伯阿姆斯公寓。我脫掉外套躺在床上，盯著天花板，聽著外面街上的車流不息，看著陽光緩緩移過天花板的一角。我努力想入睡，無奈睡意不肯來。儘管這會兒不是喝酒的時辰，我還是起來喝了一杯，然後再回去躺下。還是睡不著。我的大腦就像鐘表滴答，動個不停。我起身坐在床緣，往菸斗裡填上菸絲，大聲地說：

「那頭老禿鷲肯定知道些什麼。」

菸斗抽起來苦澀得像鹼一樣，我把它擱到一邊，再次躺下。我的思緒遊蕩在一波又一波的虛幻記憶裡。在這些記憶裡，我似乎在不斷重複同樣的事情，去到同樣的地方，遇見同樣的人，對他們說同樣的話，一次又一次地反覆，然而每次都相當真實，彷彿真的發生了，而且都是初次發生。我冒雨在公路上驅車疾馳，銀假髮縮在車子一角，一聲不響，因此等開到洛杉磯時，我們似乎又變成徹頭徹尾的陌生人。我下車走進一家通宵營業的藥房雜貨店，打電話給勃尼．歐斯，表示我在瑞里托殺了一個人，此刻正在去韋德家的路上，艾迪．馬仕的太太和我一起，她目擊我犯下命案。我駛過被雨水洗刷一新的寂靜街道，來到拉法葉公園，開到韋德那座大宅邸的停車門廊底下。門廊上的燈已經亮著，歐斯事先打電話告知我會來。我在韋德的書房裡，他坐在書桌後面，身穿印花睡袍，表情緊繃，手上把玩著一根斑點雪茄，然後叼上他掛著苦笑的嘴巴。歐斯也在場，還有一個警長辦公室派來的灰髮瘦子，一副學者模樣，言談舉止更像是經濟學教授而非警察。我講述著事情的來龍去脈，他們靜靜聽著，銀假髮坐在陰影裡，雙手交疊放在腿上，眼睛不看任何人。電話鈴響個不停。刑事局來了兩個人，看我的眼神好像我是從巡迴馬戲團逃出來的某種怪獸。我又開車上路了，去富韋德大廈，刑事局的其中一人坐在我旁邊。我們進入那個房間，哈利．瓊斯還在辦公桌後的椅子上，僵死的臉依舊扭曲著，屋裡一股酸臭甜腐的氣味。有一位法醫，非常年輕、強壯，脖頸上豎著紅色汗毛。還有一位指紋專家在忙來忙去，我提醒他別忘了檢查頂窗的螺栓。（他在螺栓上找到卡尼諾的指紋，那名棕衣男子留下的唯一一枚指紋，從而證實了我的證詞。）

我又回到韋德的宅邸，他的祕書在另一個房間把我的筆錄用打字機打出，我在上面簽了字。然後門開了，艾迪．馬仕走進來，他見到銀假髮，臉上閃過一絲笑容，他說：「哈囉，甜心。」而她既沒看他，也沒搭腔。艾迪．馬仕容光煥發，神采奕奕，身穿一套暗色商務西裝，斜紋軟呢大衣外搭了一條有綴飾的白色圍巾。然後他們走了，所有人都走了，只剩下我和韋德。韋德用冰冷而慍怒的口氣說，「這是最後一次了，馬羅。下次你再耍花招，我就把你扔去餵獅子，不管誰會為此傷心。」

就像這樣，一遍又一遍重演，我躺在床上，望著那一小片陽光從牆壁一角慢慢滑落。這時電話鈴響了，是諾里斯，史坦梧的管家，聲音和以往一樣難以捉摸。

「馬羅先生？我打電話到您的辦公室沒人接聽，只好冒昧試著打電話到您府上。」

「我幾乎整晚都在外面，」我說，「一直沒進辦公室。」

「是的，先生。將軍今天上午想要見您，馬羅先生，如果您方便的話。」

「我大約半小時左右到，」我說，「他怎麼樣？」

「他臥病在床，先生，但是情況不算糟糕。」

「請他稍等。」我說，然後掛斷電話。

我刮鬍、換衣服，向門口走去，接著又走回來，拿起卡門那把珍珠手柄小左輪，丟進衣服口袋裡。陽光燦爛得令人目眩，我用了二十分鐘就趕到了史坦梧府邸，把車開進側門門廊。十一點十五分。雨後，觀賞樹上的小鳥瘋狂啁啾，連綿起伏的草坪綠得像愛爾蘭國旗一般，整座莊園新淨得像是十分鐘前才落成。我按下門鈴，從第一次按響這門鈴，至今不過五天，但感覺像是過了一年。

一名女傭開了門，引我從側面的走廊進入中央門廳，並請我留步，說諾里斯先生很快就會下來。中央門廳一如當日，壁爐架上的人物畫還瞪著那雙熾熱的黑眼睛，而彩色玻璃鑲嵌畫中的那位騎士仍在擺弄著繩結，還沒把裸體少女從樹上解救下來。

幾分鐘後，諾里斯出現了，他也沒有任何變化。湖藍色的眼眸依舊冷漠，灰裡透紅的皮膚看上去健康而精神煥發，他邁開步伐，似乎比實際年齡年輕了二十歲。倒是我，深感歲月之重負。

我們踏上磁磚樓梯，轉去與薇安房間相反的方向。每走一步，這棟宅子都彷彿變得更寬廣一幅、更寂靜一度。我們走到一扇古老而龐大的房門前，那扇門看起來好像是從教堂搬過來似的。諾里斯輕輕打開門，探頭看了一眼，隨後他讓到一側，我從他身邊走進去，踏過大約四分之一哩長的地毯，才來到一張巨大的垂著帷幔的床邊，就像亨利八世辭世時身下的那張床。

史坦梧將軍靠著枕頭，毫無血色的雙手緊握著放在被單上，被襯得益發死灰。他的黑眼眸仍充滿鬥志，可除此之外，仍像是一張死亡的臉。

「坐，馬羅先生。」他的聲音很疲憊，有些艱澀。

我把一張椅子拉近他，然後坐下。所有的窗戶都關得嚴實，在這個時間，房間裡竟沒有一絲陽光，遮陽篷擋住了從天空照射下來的一切光線。空氣中有一股老年人的甜腥氣息。

他靜靜地盯著我看了足有一分鐘，然後動了一隻手，彷彿是要向自己證明他還能挪動它，接著又把它搭回到另一隻手上。他毫無生氣地說：

「我並沒有請你去找我的女婿，馬羅先生。」

「不過，你確實希望我去找。」

「我沒有請你去找。你做了太多的假設。通常，我想要什麼會直說。」

我沒搭腔。

「我已經付了你酬勞，」他冷冷地繼續道，「無論怎樣，錢都不是最重要的。我只是覺得，你辜負了我的信任，當然你不是有意為之。」

他說完，閉上雙眼。我說：「您要見我就是為了這件事？」

他又睜開眼睛，極為緩慢，好像眼皮是鉛做的一般。「我料想你對我那句話感到很生氣。」他說。

我搖搖頭。「相較之下，您比我占了上風，將軍。我並不想把這個優勢從您身邊奪走，分毫都不想。考慮到您不得不忍受的那些，這實在微不足道。您可以對我說任何話，我連想生氣的念頭都不會有。我想把錢還給您，對您來說或許無關緊要，對我而言卻意義重大。」

「對你有什麼意義？」

「意味著客戶對我的工作不滿意，我拒絕收取報酬。如此而已。」

「你經常讓客戶不滿意嗎？」

「有幾次。每個人都難免。」

「你為何去見葛雷高利隊長？」

我往後一靠，抬起一條手臂搭在椅背上。我端詳著他的臉，但它沒透露任何信息。我不知道該如何回答他的問題——沒有令他滿意的回答。

我說：「我之前確信您把蓋格的借據給我，主要是想試探我，因為您有些擔心雷根可能參與這場勒索。當時我對雷根還一無所知，直到我和葛雷高利隊長交談之後，才意識到雷根無論如何都不可能是那種人。」

「這幾乎沒有回答我的問題。」

我點點頭。「的確沒有，幾乎沒有回答您的問題。我猜我只是不願承認自己是憑直覺行事。那天早晨我來這裡見您，離開蘭花暖房之後，雷根太太派人叫我過去。她似乎認為您僱我是為了尋找她丈夫，而她好像不太樂意。不過，她透露說『他們』在某處車庫發現了他的車子，所謂『他們』只可能是警方，由此可知，警方一定掌握了某些情況。如果確實如此，經辦此案的就該是失蹤人口調查局。當然，我並不知曉，是否您或其他人曾經報案又或者有人報案說車庫裡發現棄車才找到那輛車子。但我了解警察，並且清楚知道，假設他們掌握了這麼多，一定會調查出更多……特別是您府上的司機又不巧在警察局留有案底。我不知道他們究竟還能挖出多少，於是我便開始考慮要去找失蹤人口調查局，而最後令我確信的是韋德先生的態度舉止。那天晚上，我們在他府上碰面，討論與蓋格相關的事情，我們有過一小段獨處的時間，他問我您是否提過您正在找雷根，我說您希望知道他的下落以及是否平安無恙。韋德聽後撇著嘴，樣子有些詭異。這下我就完全明白了，他所謂的『在找雷根』意思是動用法律機關去找他。即便如此，我與葛雷高利隊長打交道時，還是秉持著不告訴他任何他還不知道的事情這一原則。」

「而你讓葛雷高利隊長以為我僱你是為了找拉斯帝？」

「是，確實如此……當我確定他在辦這個案子時。」

他閉上眼睛，眼皮微微抽搐。他就這樣閉著眼睛說，「你認為這樣做合乎道德嗎？」

「是的，」我說，「我認為如此。」

眼睛再度睜開，兩道銳利的黑光突然從那張毫無生氣的臉上射出，令人驚愕。

「我好像不太明白。」他說。

「也許您是不明白。失蹤人口調查局的主管並不是個多話的人，否則他早就坐不住那把交椅了。他是個極為聰明老練的傢伙，起先竭力營造一種假象，成功得讓我覺得他是個對工作厭倦的中年官僚。可我玩的不是挑棒子[12]遊戲，總會牽涉到大量的虛虛實實，無論我對警察說什麼，他們都會打個折扣。對那位警察而言，我說什麼都沒太大區別。您在我這一行僱人不比僱一名洗窗工，只要指著八扇窗戶吩咐一聲：『把這些擦乾淨就可以了。』您不知道為了完成您交代的工作，我得經歷些什麼、克服些什麼、忍受些什麼。我有我做事的方式，盡我所能保護您。我可能會違反幾條規矩，但我是為了您的利益才犯規的。顧客至上，除非對方不誠實。但即便那樣，我也只是把差事還給他，並且閉緊自己的嘴巴。再說，您也沒有讓我別去找葛雷高利隊長。」

12 挑棒子遊戲（Spillikins）：玩家先將一捆8到20公分長的細棒直立在桌面上再放手使其散落。然後，每個玩家都要在不移動其他棒子的情況下將一根細棒移開。遊戲的目標是根據撿起同色棒子的數量最多來獲得最多分數。

「這話很難說出口。」他說著，微微一笑。

「那麼，我做錯了什麼？您的管家諾里斯似乎認為蓋格一旦被除掉，案子就了結了。我並不如此以為。蓋格的手法令我費解，直到現在仍沒想通。我不是夏洛克・福爾摩斯或菲洛・凡思，我不指望在警方已經搜過的地方撿到一個折斷的筆尖，就此推斷出整個案情。如果您認為在偵探這個行業裡，有人用這種方式討生活，那您可就太不了解警察了。即便他們一時疏忽，遺漏的也絕不是這類東西。我的意思是，當真讓他們放手做事的話，他們並不常遺漏東西。但如果他們真的看漏了，也往往是某些更難以辨識、含糊不清的線索，譬如蓋格那類人直接把借據寄給您，請您像個紳士般償還……蓋格，幹的是非法行業，在刀口上討生活，有個黑幫老大保護，還有部分警察對他睜一隻眼閉一隻眼。他為何要那麼做？因為他在投石問路，想摸摸看您有什麼軟肋可以捏。如果有，您就會付錢給他。如果沒有，您則會不予理睬，等待他下一個舉動。不過您確實有軟肋可捏，那就是雷根。您擔心雷根其實是口蜜腹劍，當初一直待在您身邊，殷勤伺候，只是為了謀算要如何對您的銀行戶頭下手。」

他開口要說什麼，但我打斷了他，「即便如此，您在意的其實並不是錢，也不是您那兩個千金，您已經沒有把這些列入考量了。您在意的是尊嚴，您的驕傲容不得被人當成冤大頭耍弄……而您也確實相當喜歡雷根。」

一陣沉默。然後將軍平靜地說，「你說得實在太多了，馬羅。我是否該認為，你還是想要解開這個謎？」

「不，我不幹了。有人警告我。警察們認為我太冒失，這就是我想把酬金奉還的原因……因為按照我的標準，這件差事還沒辦完。」

他露出微笑。「別管那些，」他說，「我再付你一千美元，請你找到雷根，他不是非回來不可，我甚至不必知道他的下落。一個人有權選擇自己的生活。我不怪他拋下我女兒，甚至也不怪他突然離去。可能他只是一時衝動。我只想知道他平安無恙，不論人在何處，我想從他本人那裡知道這一點。還有，如果他恰好需要錢，我希望可以滿足他的要求。我的意思說清楚了嗎？」

我說：「清楚，將軍。」

他歇息了片刻，癱坐在床上，雙眼闔著，眼窩黢黑，嘴巴緊緊抿著，毫無血色。他已是強弩之末，幾乎像是打了敗仗一般。他再次睜開眼睛，努力對我一笑。

「我大概只是個感情用事的老頭，」他說，「根本不像個軍人。我很欣賞那個小伙子，我看他相當正派。我恐怕對自己識人的眼光太過自負了。替我找到他，馬羅，找到他就好。」

「我盡力而為，」我說，「您現在最好休息一下。我講太多了。」

我迅即起身，走過寬闊的地板，朝房門走去。我還沒拉開門，他的眼睛已經闔了起來，雙手軟塌塌地壓在被單上。他看起來比大多數死人更像死人。我輕輕地關上門，沿著二樓的走廊往回走，步下樓梯。

31

管家拿著我的帽子出現了，我戴起來，說：「你覺得他怎麼樣？」

「他並不像看上去得那麼虛弱，先生。」

「若真這麼虛弱，早該入土了。雷根那傢伙為何會讓他如此念茲在茲？」

管家直直地盯視著我，臉上卻怪異地毫無表情。「年輕，先生，」他說，「以及軍人的目光。」

「就像你的一樣。」我說。

「恕我直言，先生，同您的也相去無幾。」

「過獎。小姐們今天早上都好嗎？」

他禮貌地聳聳肩。

「如我所料。」我說。然後他替我打開門。

我走出去，站在台階上，俯視著綠草如茵的層層露台、修剪齊整的樹叢、花圃，一直望到花園盡頭高高的金屬圍欄。我看到卡門坐在往下一半路程的一張石凳上，雙手托著頭，一副孤獨無依的模樣。

我沿著露台之間的紅磚台階走下去，幾乎已挨近身旁，她才聽到我的聲音。她貓似地騰空跳起，陡然轉過身來。她穿著我第一次見到她時的那條淺藍色長褲，頭髮依舊鬈著茶褐色小波浪。她的臉色蒼白，看到我時，兩頰泛起點點紅暈，雙眸閃著石板灰的藍。

「閒得無聊？」我說。

她慢慢綻開笑容，有些羞答答的，然後飛快點點頭。她悄聲說：「你不生我氣嗎？」

「我還以為你在生我的氣呢。」

她抬起大拇指，咯咯笑了。「我才沒有。」只要她開始咯咯笑，我就不再喜歡她了。我環顧四周，見到大約三十呎開外的一棵樹上掛了個靶子，上面插了幾支飛鏢，她身旁的石凳上還放著三、四支。

「就有錢人而言，你和你姊好像日子過得很無趣。」我說。

她從長睫毛下瞟了我一眼，這一眼本該令我迷到四腳朝天滿地打滾的。我說：「你喜歡擲飛鏢？」

「嗯哼。」

「這提醒了我一件事。」我回頭朝大宅方向望了一眼，挪到旁邊大約三呎處的一棵樹後，把自己擋住。我從口袋裡掏出她那把珍珠柄小手槍。「我把你的武器帶回來了，擦過，還裝好了子彈。聽我一句……別對著人開槍，除非你已練成了好槍法。記住了？」

她的臉色更蒼白，細瘦的大拇指垂下來。她瞧瞧我，又瞧瞧手裡的槍，眼中浮出某種迷戀之色。「好的，」她說著，點點頭，又突然接著說：「教我射擊。」

「嗯？」

「教我怎麼射擊。我喜歡。」

「在這裡？這可是犯法的。」

她湊近我，從我手裡拿過槍，用手握著槍柄。接著她飛快地把槍塞進長褲，動作鬼鬼祟祟，還四處張望了一下。

「我知道一個地方，」她詭祕地說，「在下面老油井那邊。」她朝山下指了指，「教我嘛？」

我注視著她那雙石板灰的眼睛，活像是看著一對酒瓶蓋。「好吧。槍交給我保管，等我確認那地方是否適合再還給你。」

她笑著做了個鬼臉，把槍遞還給我，那副心懷鬼胎的頑皮模樣彷彿送上的是她的閨房鑰匙。我們拾級而上，繞到我的車旁。花園彷彿變成一片荒蕪，陽光空洞的好像侍者領班的微笑。我們鑽進車子，沿著低窪的車道，穿過重重大門，向下駛去。

「薇安在哪裡？」我問。

「還沒起床。」她咯咯笑著。

我開下山坡，駛過安謐而繁麗的街道，路面被雨水沖刷得乾乾淨淨。我往東開上拉布里亞大道，再往南開。大約十分鐘後，我們抵達了她所說的地點。

「在那裡面。」她從車窗探出頭，指給我看。

那是一條狹窄的泥土路，比林間小徑稍寬些，像是某個山麓牧場的入口。一扇由五根橫木釘成的大門向內敞開，抵著一截樹樁，好似這樣已多年。路兩側是高大的尤加利樹，路面有深深的輪胎痕，是卡車行經的痕跡。現在它空蕩蕩的，陽光灑下來，並不見塵土揚起，之前那場雨實在太猛太新了。我沿著輪胎痕前行，城市裡車水馬龍的喧囂聲令人訝然地驀地微弱下來，好像這裡根本不屬於城市，而是杳遠的一方夢土。矮木井架上豎立著沾滿油污的搖臂梁，靜止不動地戳在樹枝上。我可以看到鏽痕斑斑的舊鋼纜將這根搖臂梁與其他五、六根連在一起，這些搖臂梁文風不動，很可能一整年都沒動過了。油井早已不再泵油，地上堆著鏽蝕的鋼管，一端塌陷的裝載平台，半打七橫八豎躺著的空油罐，往昔的集水坑裡，一潭漂著油污的死水在陽光下泛出七彩虹光。

「他們打算把這裡改建成公園嗎？」我問。

她頷首，對我眨眨眼睛。

「早該如此了。那個集水坑簡直臭到可以薰死一群山羊。這就是你說的地方？」

「嗯哼。喜歡嗎？」

「漂亮得很。」我靠著裝載平台停好車，我們下了車。我側耳細聽。嘈雜的車流聲變成一張渺遠的聲音之網，彷彿蜜蜂嗡鳴。這地方像教堂墓地一般荒寂。即便是雨後，高大的尤加利樹看起來仍是灰濛濛的，它們總是灰濛濛的。一根樹枝被強風掃斷，橫在集水坑的邊緣，厚實扁平的葉子垂在水面上。

我繞過集水坑，朝泵房裡張望。裡面有些廢舊雜物，看不到任何最近活動的跡象。外面牆上斜靠著一只大木頭轉輪。看起來確實是個練槍好場地。

我走回去，那女孩正站在車旁撫弄頭髮，把髮絲捧到陽光下。「給我。」她說著向我伸出手。

我掏出手槍，放在她掌心，然後彎腰撿起一只鏽鐵罐。

「要留神，」我說，「五顆子彈都上了膛。我先去把這個鐵罐立在那個大木輪中間的方孔裡。看到了嗎？」我手一指，她使勁點頭，喜笑顏開。「大約三十呎遠。我沒回到你身邊前，不要開槍。知道了？」

「知道了。」她咯咯笑著。

我再次繞過集水坑，把鐵罐立在木輪中間。一流的靶子。如果她沒射中鐵罐——想當然爾——她多半會射中轉輪，它足以吃住那顆小口徑子彈。然而，她根本沒打算朝那裡開槍。

我沿著集水坑走向她，離她約有十呎遠，還在集水坑邊緣時，她對我齜出滿口小尖牙，舉起槍，嘴裡發出嘶嘶聲。

我瞬時僵住，那潭死水在我身後散發出惡臭。

「站著別動，你這狗娘養的。」她說。

槍口正對著我的胸膛。她握槍的手看上去非常穩當，嘶嘶聲益發高亢，她的臉活像一具白骷髏。她蒼老、墮落、變身為獸，而且絕非善類。

我大笑，抬腳向她走去。我看見她纖細的手指扣緊扳機，指尖泛白。我離她大約六呎時，她開槍了。

槍聲尖銳但並不響亮，在陽光下劈地爆裂。我沒看到硝煙。我再次停下腳步，對她咧嘴笑笑。

她又連發兩槍，我認為這幾槍沒有一槍會射偏。小手槍裡共有五發子彈，她已射了四槍。我猛撲上去。

我不想被最後一發子彈打在臉上，於是閃身往側面一歪。她沉著鎮定地給了我最後一槍，毫不慌張。我似乎感受到一絲火藥燃爆的熱氣。

我直起身子。「我的天，你還真是可愛。」我說。

她握住空槍的手開始劇烈顫抖，槍從手中滑落。她的嘴唇開始抽搐，整張臉扭曲變形，頭朝著左耳方向扭過去，唇上溢出白沫。她的喘息聲發出一種哀鳴，身體開始搖晃。

她倒下時我及時接住，她已經不省人事。我用雙手掰開她的嘴，在牙齒之間塞了一團手帕，簡直耗盡了我全部氣力。我把她抱進車裡，再回去撿起槍丟進口袋。我爬到駕駛座上，倒車，循著輪胎痕小路原路返回，出了柵欄門，駛上山坡，回家。

卡門蜷縮在車子一角，一動也不動。直到開上了宅邸車道，她才稍稍甦醒。她突然睜大眼睛，神情狂野地坐了起來。

「發生什麼事了？」她喘著氣問道。

「沒事。怎麼了？」

「哦，是出事了，」她咯咯笑出聲來，「我的褲子濕了。」

「誰都會這樣。」我說。

她看著我，突然露出嫌惡的表情，呻吟起來。

32

那名長著溫馴馬臉的女傭引我走進二樓灰白相間的狹長會客室，象牙白窗簾奢華地拖曳在地，白色地毯鋪滿整個房間。電影明星的閨房、魅力和誘惑之鄉，做作得像條木頭假腿。此刻房間空無一人。房門在我身後輕輕闔上，異常輕柔，好像關起來的是一扇醫院病房的門。長椅旁停著一張帶輪的可移動早餐桌，銀光熠熠。咖啡杯裡落了些許菸灰。我坐下，等待。

似乎過了很久，門才再度打開，薇安走了進來。她身穿牡蠣白家居服，白毛皮鑲邊，剪裁流瀉，就像某座私密小島海灘上泛著白沫的夏日波浪。

她邁開大步輕逸地從我身邊走過，在長椅邊緣坐下。她嘴角含著一根香菸，指甲塗成銅紅色，連月牙白都蓋住了。

「說到底你就是個畜生，」她盯著我靜靜地說，「一個冷血無情的畜生。你昨夜殺了一個人，別管我是如何知道的，我反正知道了。現在你又跑來這裡，把我妹妹嚇得要命。」

我沒搭腔。她開始侷促不安，挪到靠牆的一張矮腳軟椅坐下，頭往後一仰，枕著椅背上的白色軟墊，朝空中吐了一口灰白色的煙霧，看著它裊裊飄上天花板，絲絲縷縷散開，起初還依稀可辨，隨即便融入空氣，無影無蹤。她極其緩慢地垂下眼簾，朝我冷冷地掃了一眼。

「我看不透你，」她說，「很慶幸前天晚上你我之中有人頭腦保持清醒。我之前跟了個賣私酒的已經夠糟了。看在老天的份上，你能不能說點什麼？」

「她怎麼樣了？」

「噢，她沒事，我想。睡得很熟。她總能睡得著。你對她做了什麼？」

「什麼也沒做。見過你父親後，我走出宅子，見到她在下面的花園裡正對著樹上的靶子擲飛鏢。我過去跟她說了幾句話，因為我手上還有一件屬於她的東西，一把小左輪手槍，之前歐文·泰勒送給她的。有一天晚上，她拿著這把槍去了波第的住處，就是波第被殺的那晚。我不得不把槍從她手裡拿走。我沒提過這件事，所以你大概不知道。」

那對史坦梧家族的烏黑眼睛瞬間睜大，眼神變得茫然。這次換她不吭聲了。

「拿回小手槍她很興奮，要我教她如何射擊，還要領我去見識下山腳處那幾口你們家族賺過幾桶金的老油井。於是我們去了那裡，真是個毛骨悚然的地方，到處都是鏽蝕的金屬及爛木頭，死寂的油井和浮著油污的集水坑。也許她被刺激到了，我猜想你也去過那裡。詭異極了。」

「是……的確如此。」她的聲音變得細小而急促。

「於是我們進到那裡，我找了一個鐵罐，立在木輪子裡給她當靶子。哪知她突然發癲，我看像是輕微的癲癇發作。」

「是的，」同樣微細的聲音，「她偶爾會發作。你找我就是為了這個嗎？」

「我猜你還是不願告訴我艾迪·馬仕到底拿了你什麼把柄。」

「什麼也沒有，而且我對這個問題已經有些厭煩了。」她冷冷地說。

「你認識一個叫卡尼諾的人嗎？」

她沉思著，蹙起兩道如黛娥眉。「印象不深，好像記得這個名字。」

「艾迪·馬仕的槍手，他們說是條凶悍難惹的漢子。我也這麼覺得。要不是一位女士幫了點小忙，我現在就在他待的地方了……停屍間裡。」

「女士們好像都……」她陡然住口，臉色煞白，僅簡短說了句，「我無法拿這個開玩笑。」

「我沒開玩笑，如果我講話像在東拉西扯繞圈子，那是因為看上去就是這麼回事。一切都相互關聯……所有事情。蓋格和他巧妙的勒索小把戲，波第和他手上的裸照，艾迪·馬仕和他的輪盤賭台，卡尼諾和那個沒有跟拉斯帝·雷根私奔的女人。全部都有關聯。」

「恐怕我根本不明白你在說什麼。」

「假設你聽得明白……那麼事情大概是這樣的。蓋格先去釣你妹妹上鉤，這輕而易舉，讓她簽幾張借據，然後企圖用一種委婉體面的方式勒索你父親。艾迪·馬仕是蓋格的靠山，一面罩著他，一面以他為爪牙。你父親沒付錢認帳而是僱我來處理，表明他什麼也不怕。艾迪·馬仕想知道的就是這點。他拿住了你的某個把柄，想知道這個把柄是否對將軍同樣奏效。如果有效，他就可以馬上撈一大筆。如果沒有，他就必須等到你繼承你那份家產以後再說，而在此期間，盡量藉輪盤賭從你身上搜刮一些零用錢。殺掉蓋格的是歐文·泰勒，他愛上了你的傻妹妹，不喜歡蓋格在她身上玩的那些把戲。但艾迪根本不以為意，他玩的遊戲可要隱密得多，蓋格毫不知情，波第也一無所知，可以說，除了你和艾迪還有那個叫卡尼諾的惡棍之外，幾乎無人知曉。你丈夫失蹤了，艾迪清楚大家都曉得他和雷根之間有過節，於是就把自己老婆藏到瑞里托，派了卡尼諾去看守，這樣就可以製造出她和雷根私奔的假象。他甚至還把雷根的車子停去夢娜・馬仕過去住宅的車庫裡。如果這麼做單純是為了轉移焦點，以免人們懷疑你丈夫是艾迪殺死或他命人殺死的，這手法似乎是愚蠢了些。但實際不然，他另有一個動機。他打的是上百萬美元的算盤。他知道雷根的下落，也知道雷根經歷了什麼，而且他不想讓警方被逼得非得查出來不可。他希望警方找出一個對雷根失蹤的合理解釋，能夠心滿意足不再追究。是不是聽得太無聊了？」

「你令我感到厭煩，」她用冷漠而疲憊的口吻說，「天啊，我真是聽得厭煩透了！」

「我很抱歉。我不僅是遊手好閒，耍耍小聰明，你父親今天早晨要付我一千元，讓我去找雷根。對我而言是一大筆錢，但我辦不到。」

她的嘴巴驀地張開，呼吸變得侷促而粗重。「給我根菸，」她嘶啞地說。「為什麼？」她的喉頭開始悸動。

我遞給她一根香菸，劃了火柴湊上去。她深吸一大口，斷斷續續吐出煙來，之後彷彿忘記了夾在指間的這根菸，再沒吸第二口。

「呃，連失蹤人口調查局都找不到他，」我說，「這事不容易。他們辦不了的事情，恐怕我也無能為力。」

「噢。」她的聲音裡有些許寬慰。

「那是理由之一。失蹤人口調查局的人認為他是刻意製造失蹤，用他們的話來講，案子已經落下帷幕了。他們不認為是艾迪・馬仕殺掉了他。」

「誰說他是被殺掉了？」

「我們接下來就要說到了。」我說。

有那麼一瞬間，她的臉彷彿支離破碎，五官錯亂，不受控制。她的嘴巴顯出驚聲尖叫的前兆。但這狀態只在倏忽之間，史坦梧的血統除了一雙黑色眼眸和做事不計後果之外，無疑還具有更優良的素養。

我站起身，從她指縫間抽走裊裊的香菸，在菸灰缸裡摁熄。然後我從口袋裡掏出卡門的小手槍，小心而鄭重地擺在她覆著白緞的膝蓋上。我把槍放穩，隨後退一步側頭注目，像個櫥窗設計師在欣賞模特兒頸上圍巾剛擺出的新造型。

我又坐下來，她沒有挪動。她的視線一毫米一毫米地緩緩下移，最終落在那把槍上。

「傷不了人的，」我說，「五個彈膛都是空的，她全打光了，對著我打的。」

她喉頭的筋脈狂跳起來。她欲言卻哽，只嚥下一口口水。

「相距五、六呎遠，」我說，「真是個可愛的小東西，是吧？真可惜我在槍裡裝的是空包彈，」我咧咧嘴壞笑著，「我有預感她會幹這事……只要她逮到機會。」

她把聲音從遙遠的地方拽了回來。「你這人實在可怕，」她說，「可怕。」

「是啊。你是她姊姊，你打算怎麼處理？」

「你一個字都無法證明。」

「無法證明什麼？」

「證明她朝你開槍。你剛才說你跟她去了下面的油井，只有你們兩個。你說的話，一個字都無法證明。」

「噢，那個啊，」我說，「我根本沒想過要去證明，我想的是另外一次……小手槍裝了實彈的那一次。」

她的眼睛像兩汪幽黑的深潭，比黑暗還要虛空。

「我想的是雷根失蹤的那一天，」我說，「黃昏時分，他帶她去廢油井那裡教她射擊，他把一個罐子立在某個地方，告訴她對它瞄準，自己則站在不遠處看她開槍。但她並沒對著罐子打，而是掉轉槍口，朝他開了槍，正如她今天對我開槍一樣，而且出於同樣的理由。」

她略微動了動，手槍從膝蓋滑落，摔在地板上，這是我這輩子曾聽過最響的聲音之一。她的眼睛牢牢盯住我的臉。她痛苦地呢喃著，「卡門……仁慈的上帝啊，卡門！為什麼？」

「非要告訴你為什麼她要對我開槍嗎？」

「是的。」她的眼神仍然異常可怕，「恐怕……恐怕你非說不可。」

「前天晚上我回到家時，發現她待在我的公寓裡。她騙管理員放她進去等我。她就在我的床上……全身赤裸，我把她趕了出去。我猜雷根可能什麼時候也對她做了相同的事。但是，沒人可以這樣對待卡門的。」

她咬唇，有意無意伸舌去舔，那一瞬間，這動作令她看起來像個受了驚嚇的孩子。她下頷線條變得分明，手緩緩抬起，像是隻被線牽動的假手，手指慢慢收攏，僵硬地抓住領口的白色毛皮，緊緊地裹住喉嚨。之後她只是坐在那裡，表情木然。

「錢，」她聲音嘶啞地說，「我想你是要錢。」

「多少錢？」我盡量克制自己不顯出嘲諷的語氣。

「一萬五千美元？」

我點點頭。「大概是這個數字，確定的費用就是這麼多。她開槍打死他的時候，他身上帶的就是這個數目。這是你向艾迪．馬仕求援，卡尼諾先生處理屍體的酬勞。但比起艾迪期望有朝一日可以到手的錢，最多只能算是零頭，對吧？」

「你這個狗娘養的！」她說。

「嗯哼。我是個非常精明的傢伙，活在這世上，既冷漠無情，又無所顧忌，我渴望得到的唯有錢。我是如此貪財，為了每天二十五美元和多數用在汽油和威士忌的開銷，我就會絞盡腦汁辦事，如果我尚有腦子的話：我拿自己的全部前途去冒險，情願惹惱警察，與艾迪．馬仕那夥人結怨。我躲子彈、吃棒子，還要說深表謝意，如果您再遇到什麼麻煩事，希望還來光顧，我會留張名片給您，以防萬一。我做這一切就是為了一天賺上二十五塊錢……也許還想盡些微薄之力去保護一位身心俱疲、病弱不堪的老人血液裡殘存的那丁點兒尊嚴，因為我認為他的血液不是毒液，儘管他的兩位千金和時下許多好人家的女孩一樣都有點野，總還不至墮落敗壞，不是殺人犯。這麼一來，我就成了狗娘養的了。沒關係，我不在乎。我被形形色色的人這樣稱呼過，包括你妹妹。我不肯跟她上床，她罵得更加不堪入耳。我從你父親那裡得到五百塊，我並沒有向他要求，不過他付得起。他要我去找拉斯帝．雷根先生，如果能找到，我又可以到手一千塊。現在你又要許我一萬五千塊。這下子我可成了大亨了。一萬五千塊，可以買棟房子，購輛新車，再添置四套新衣服，甚至還可以去度假逍遙一番，不必擔心會錯失接案機會。真不賴啊。你給我這筆錢所為何故呢？我可以繼續當個狗娘養的，還是得做個紳士，就像那天晚上在車裡爛醉如泥的那個酒鬼？」

她一聲不吭，宛若一尊石雕。

「好吧，」我語氣沉重地繼續說道，「你願意帶她走嗎？遠離此地，去一個有能力對付她這種人的地方，去一個讓她觸不到槍枝、刀械和花酒的地方？媽的，說不定她還真能治好自己，你知道的，有過先例。」

她站起來，慢慢踱向窗邊。窗簾的象牙白褶皺層層堆迭在腳下。她立於褶皺之間向外眺望，望向岑寂闃暗的山丘。她佇立不動，幾乎與窗簾融為一體。她的雙手鬆鬆地垂在兩側，文風不動的兩隻手。然後她轉身穿過房間，視而不見地從我身邊走過。走到我身後時，她急促地喘了口氣，開口說話。

「他在集水坑裡，」她說，「腐爛得可怕。我那樣做了，正如你所說的那樣，我去找了艾迪．馬仕。卡門回家，告訴了我這件事，就像個孩子。她不正常。我知道警察會從她身上搞清楚全部情況。過不了多久，她甚至會拿這件事去到處吹噓。要是我爸知道了，他會立即報警，據實相告，然後撐不過當晚就死去。我在乎的不是他死本身……而是他臨死前哽上心頭的想法。拉斯帝不是壞人，我不愛他，但我猜他為人還不錯。只是，對我而言，無論他是好是壞，是死是活，都比不上瞞著我爸重要。」

「所以你就放任她四處胡鬧，」我說，「惹出其他麻煩。」

「我只是在拖延時間，只是為了時間。顯然，我的方法錯了。我以為她自己會忘了這件事，聽說他們會忘掉發病時的事情，或許她已經忘了。我知道艾迪・馬仕會榨乾我，但我不在乎。我必須尋求幫助，而我能找到的也只有他那類人……有些時候，我自己都不能相信這一切。有些時候，我只有迅速把自己灌醉……不管是什麼時辰，刻不容緩，醉了就好。」

「你得帶她走，」我說，「而且刻不容緩。」

她依然背對著我，口氣變得柔和，「那你呢？」

「我不會怎麼樣，我這就走了。給你三天時間。若到時你們已離開……沒事，若還沒，我會把一切公諸於眾。別以為我只是說說而已。」

她突然轉過身。「我不知該對你說什麼，也不知該從何說起。」

「嗯。把她帶離此地，確保每時每刻都有人盯著她。答應我？」

「我答應。艾迪……」

「別管艾迪了。我等一下就去找他，我會處理艾迪的。」

「他會想辦法殺了你。」

「好啊，」我說，「他最得力的手下都辦不到，我倒要會會其他人。諾里斯知情嗎？」

「他絕不會走漏風聲。」

「我想他也知情。」

我快步離開她，走出房間，步下磁磚樓梯，來到門廳。出門時，沒見到任何人，只有我的帽子孤零零地等在那裡。屋外，明麗的花園感覺鬼影幢幢，彷彿有雙狂野的小眼睛正躲在灌木叢後窺伺，陽光裡似乎暗藏著某種詭祕莫測。我爬進車子，駛下山坡。

人一旦死去，身在何處又有何妨？躺在骯髒的集水坑裡還是高山峰頂的大理石寶塔裡又有什麼差別？你已經死去，你正在大眠中沉睡，無須為這等事費思量。於你來說，油也好，水也罷，宛若風對空氣，並無二致。你就此睡去，陷入大眠，不必計較死時有多齷齪，陳屍之處有多污穢。至於我，如今也成了這件人間齷齪事的一部分，遠比拉斯帝．雷根更涉身其中。但是老人家不必被牽扯進來，他可以靜靜地躺在那張華蓋作頂的大床上，把毫無血色的雙手交疊放在被單上，等待。他的心跳是短促而猶疑的低語，他的思緒晦暗如灰燼。過不了多久，他也會像拉斯帝．雷根那樣，從此在大眠中沉睡。

回城路上，我在一家酒吧前停下車，灌了幾杯雙份威士忌。這些酒對我毫無幫助，只令我想起那位銀假髮，我從此再也沒有見過她。

〈經典推理小說家雷蒙・錢德勒①〉
大眠

作　　者——雷蒙・錢德勒（Raymond Thornton Chandler）
譯　　者——卞莉
責任編輯——王曉瑩

發 行 人——蘇拾平
總 編 輯——蘇拾平
編 輯 部——王曉瑩、曾志傑
行 銷 部——黃羿潔
業 務 部——王綬晨、邱紹溢、劉文雅
出　　版——本事出版
發　　行——大雁出版基地
新北市新店區北新路三段207-3號5樓
電話：(02) 8913-1005　傳真：(02) 8913-1056
E-mail：andbooks@andbooks.com.tw
劃撥帳號—— 19983379　戶名：大雁文化事業股份有限公司

美術設計——許晉維
內頁排版——陳瑜安工作室
印　　刷——上晴彩色印刷製版有限公司
● 2024年05月初版
定價430元

ISBN 978-626-7074-89-3

國家圖書館出版品預行編目資料

〈經典推理小說家雷蒙・錢德勒①〉大眠
雷蒙・錢德勒（Raymond Thornton Chandler）／著　卞莉／譯
---.初版.一 新北市；本事出版：大雁出版基地發行，2024年05月
面　；　公分.－
譯自：The Big Sleep

ISBN 978-626-7074-89-3（平裝）

874.57　　113002293